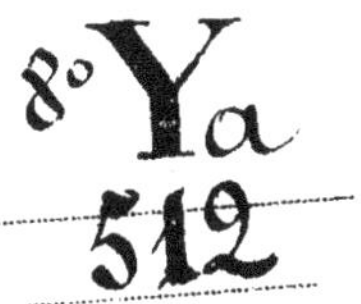

M. SHOYO TSOUBOOUTCHI

DE L'ACADÉMIE JAPONAISE

PROFESSEUR HONORAIRE A L'UNIVERSITÉ DE WASEDA, TOKIO

OURASHIMA

LÉGENDE DRAMATIQUE EN TROIS ACTES

TRADUIT DU JAPONAIS

PAR

M. TAKAMATOU YOSHIYÉ

PROFESSEUR A L'UNIVERSITÉ DE WASEDA, TOKIO

PARIS

PIERRE ROGER ET Cie, ÉDITEURS

54, RUE JACOB, 54

1922

OURASHIMA

LÉGENDE DRAMATIQUE EN TROIS ACTES

M. SHOYO TSOUBOOUTCHI
DE L'ACADÉMIE JAPONAISE
PROFESSEUR HONORAIRE A L'UNIVERSITÉ DE WASEDA, TOKIO

OURASHIMA

LÉGENDE DRAMATIQUE EN TROIS ACTES

TRADUIT DU JAPONAIS

PAR

M. TAKAMATOU YOSHIYÉ
PROFESSEUR A L'UNIVERSITÉ DE WASEDA, TOKIO

PARIS
PIERRE ROGER ET Cie, ÉDITEURS
54, RUE JACOB, 54
1922

PRÉFACE

La légende d'Ourashima, si populaire au Japon, n'est pas entièrement ignorée en Europe. Nos enfants mêmes ont pu la lire, en abrégé, dans une de ces traductions sur papier crêpe qui ont vulgarisé en Angleterre et en France les plus jolis contes japonais. Mais pour la bien connaître, il faut remonter à ses origines, plus que millénaires, et d'abord à un vieux mythe du *Kojiki*, la Bible japonaise, où l'on peut trouver déjà l'idée essentielle de ce récit fameux.

Le divin Ninighi, que la déesse du Soleil avait envoyé sur terre pour y fonder la dynastie japonaise, eut deux fils, Ho-déri et Ho-wori, dont l'un se fit pêcheur et l'autre, chasseur. Un jour, Ho-wori proposa à Ho-déri un échange de leurs vocations, pour tenter à son tour la fortune de la mer; mais il perdit l'hameçon de son frère aîné, qui l'accabla de reproches. Comme il se lamentait sur le rivage, le vénérable dieu des Eaux salées lui conseilla d'aller s'informer auprès de Toyo-tama-himé (la Princesse aux riches joyaux), fille du dieu de l'Océan. Ho-wori partit donc sur les chemins de la mer et finit par atteindre un palais dont l'architecture étrange imitait des écailles de poisson. Près de la porte était un luxuriant katsoura (*cercidiphyllum japonicum*); il y grimpa, et s'assit sur la plus haute branche. A côté se trouvait un puits; et quand les servantes de la princesse, portant des vases précieux, y vinrent tirer de l'eau, elles aperçurent le beau jeune homme. Leur maîtresse, à son tour, sortit pour le voir, et bientôt ramena son père. Le dieu de l'Océan offrit l'hospitalité au prince divin, puis lui donna sa fille. Mais une nuit, après trois ans de bonheur, Ho-wori poussa un profond soupir ; et, le lendemain, interrogé, il raconta enfin l'histoire de l'hameçon perdu. Le dieu de l'Océan, ayant convoqué tous les poissons, retrouva l'engin dans le gosier de la Femme-rouge (une sorte de dorade). Puis, il octroya au jeune prince deux talismans, le joyau qui fait monter les eaux et celui qui les fait descendre, lui enseignant les moyens de s'en servir pour se venger de son frère. Enfin, il l'installa sur la tête d'un crocodile, qui le reconduisit au monde supérieur. A son tour, la princesse marine, devenue enceinte, s'éleva jusqu'à la limite des vagues pour y donner le jour au fils du prince, dans une hutte couverte en plumes de cormoran. Par malheur, Ho-wori l'ayant regardée au moment de sa délivrance, malgré la défense qu'elle lui en avait faite, elle lui apparut alors sous l'aspect de monstre marin qui était sa forme native; et tandis qu'il s'enfuyait, terrifié, elle, pleine de honte, abandonnait son enfant et rentrait sous les profondeurs. Cependant, du sein de l'océan, elle envoya encore au héros une poésie de tendres regrets, à laquelle il répondit par un chant suprême : jamais il n'oublierait la jeune épouse qu'il avait prise pour dormir, en pleine mer, sur l'île où se posent les canards sauvages!... Ho-wori devait vivre encore, nous dit-on, près de six cents ans, et l'enfant qu'il avait eu de la princesse marine allait engendrer lui-même un fils illustre : Jimmou Tennô, le premier empereur.

Ce récit sacré, où divers critiques ont vainement tenté de découvrir une inspiration chinoise, est en réalité purement japonais : c'est même un des mythes qui montrent le mieux les origines océaniennes de la tribu conquérante qui allait devenir la classe directrice du peuple. D'où l'on peut induire dès à présent, contre l'opinion générale, que la légende d'Ourashima, si proche parente de ce mythe, n'est pas non plus de source continentale. Les philologues, anglais ou allemands, qui l'ont prétendu sont d'ordinaire enclins à considérer les Japonais comme incapables de rien inventer par eux-mêmes; dès qu'on peut relever dans un récit japonais quelque ornement de style chinois, ils s'empressent de jeter par la fenêtre « l'enfant avec le bain ». Or, en matière de folklore, il faut savoir distinguer le fond essentiel et permanent des formes changeantes qui l'enveloppent. L'églantine existait dans les haies de la Gaule avant d'y avoir reçu un nom latin; l'histoire d'Ourashima se racontait au Japon bien avant que les lettrés du pays l'eussent alourdie de parures étrangères. On la trouve d'abord esquissée dans ce court passage du *Nihonghi* (Chronique du Japon), qui l'attribue à l'an 478 de notre ère : « Automne, septième mois. — Un homme de Tsoutsoukaha, district de Yosa, province de Tamba, fils d'Ourashima de Midzounoyé, alla pêcher en bateau. A la fin, il prit une grosse tortue, qui se changea en une femme. Sur quoi, le fils d'Ourashima, devenu amoureux, fit d'elle son épouse. Ils descendirent ensemble dans la mer et ils atteignirent le Mont Hôraï, où ils virent les génies. » Le dernier trait est emprunté au merveilleux du continent; car au moment où parut le *Nihonghi* (720 après Jésus-Christ), tout était à la mode chinoise. Si l'auteur du *Kojiki*, publié seulement huit ans plus tôt (712), avait rédigé ce passage, il n'eût pas manqué d'écrire que, « traversant la plaine des mers, ils arrivèrent au Toko-yo no Kouni », la Terre Éternelle de l'ancienne mythologie. L'évocation du Mont Hôraï, cette île fortunée que les Chinois situaient dans la mer Orientale, n'est là que pour achever la phrase par un brillant souvenir classique. Mais qu'on efface cette touche de fard étranger : on aura la pure version japonaise.

Cette version, si sobre et si sèche dans le naïf exposé du *Nihonghi*, va recevoir une forme autrement relevée dans le *Manyôshou* (Recueil d'une myriade de feuilles), la plus ancienne et la plus originale des anthologies du vieux Japon. Bien que cette collection semble n'avoir été terminée qu'au début du neuvième siècle, les poèmes qu'elle renferme sont en général fort antérieurs : nous avons donc, ici encore, un récit d'une authenticité certaine. Le poète raconte que, par un jour printanier, au temps du brouillard, il se promenait sur le rivage de Souminoyé en regardant les bateaux de pêche sur les vagues, lorsque cette histoire d'autrefois lui revint à l'esprit. Le jeune Ourashima, fier pêcheur de thons et de dorades, était resté pendant sept jours sur la plaine bleue, sans rentrer chez lui, ramant de plus en plus vers le large, quand il rencontra la fille du dieu de l'Océan. Tandis qu'il était courbé sur l'aviron, elle s'assit auprès de lui : et, longuement, tous deux restèrent pensifs, jusqu'au moment où l'amour les rapprocha et les unit l'un à l'autre. Ils allèrent plus loin, plus loin encore, jusqu'au palais du grand dieu marin, et, la main dans la main, ils entrèrent enfin au fond de cette mystérieuse demeure. Là, ne connaissant ni les années, ni la mort, ils vivaient dans une joie éternelle. Mais un jour, l'homme de ce monde parla ainsi à sa bien-aimée : « Je voudrais te quitter un peu, pour revoir mon père et ma mère : nous ne serons séparés que jusqu'à demain. » La jeune femme répondit : « Si tu veux pouvoir revenir à ce Pays immortel et y reprendre notre vie d'amour, emporte avec toi cette boîte à peignes (*koushighé*); et surtout, aie bien soin de ne jamais l'ouvrir! » Il promit, et retourna à Souminoyé. Mais lorsqu'il regarda l'endroit de sa maison, il ne vit point sa maison ; et lorsqu'il regarda l'endroit de son village, il ne vit plus son village. Tout étonné, il se demandait comment, en un bref espace de trois années, les huttes et jusqu'aux haies avaient ainsi disparu. Alors il pensa que, s'il ouvrait la précieuse boîte, peut-être pourrait-il revoir son lieu natal. Mais comme il soulevait légèrement le couvercle, un blanc nuage sortit, qui, se répandant en longue traînée, s'envola vers le Pays éternel. Le malheureux courut, cria, agita ses manches, se démena, trépigna. Soudain, le cœur lui manqua ; son jeune corps se rida ; sa noire chevelure blanchit ; peu à peu, sa respiration devint plus faible ; jusqu'à ce qu'enfin, sa vie même l'abandonnant, il expira. Et le poète, contemplant avec tristesse l'emplacement où fut la maison d'Ourashima de Midzounoyé, termine par cet envoi : « Au Pays immortel serait encore son séjour, s'il avait été d'un caractère moins léger, ce jeune homme ceint du sabre! »

Ho-wori, lui aussi, était descendu au palais du dieu des Mers, avait épousé sa fille, et pareillement, au bout de trois années, soupirant après son pays, était remonté au monde supérieur. Ce qui distingue de ce mythe fondamental la légende d'Ourashima, c'est seulement le fait que ce dernier, revenu sur la terre, se trouve avoir passé, sans le savoir, de longues années dans le royaume sous-marin. Cet élément nouveau de l'inconscience du temps est commun dans le folklore. Dans la légende chinoise, qui elle-même est sans doute d'origine hindoue, deux amis, se promenant par monts et par vaux, arrivent à une retraite de fées, où deux sœurs très belles leur offrent des graines de chanvre et leur permettent de partager leur couche; rentrés chez eux, ils découvrent avec stupeur que, depuis leur départ, sept générations se sont écoulées. Dans les récits de notre moyen âge, c'est l'histoire de ce moine qui, étant sorti dans la forêt pour y rêver en écoutant les oiseaux, s'aperçoit tout à coup, lorsqu'il revient au couvent, que tout a vieilli autour de lui. Rien d'étonnant si les Japonais, eux aussi, ont imaginé ce trait ingénieux, qu'on pourrait relever encore chez bien d'autres peuples.

Après le poème du *Manyôshou*, reste à signaler une dernière version ancienne de notre légende : la version en prose du *Tango Foudoki* (Description de la province de Tango), rédigée dans la première moitié du huitième siècle. Dans ce récit, plus développé, le jeune pêcheur, après avoir passé trois jours et trois nuits sans prendre aucun poisson, ramène enfin une merveilleuse tortue à cinq couleurs, qu'il met au fond de son bateau; puis, il s'endort, et la tortue se change en une femme d'une beauté sans pareille. C'est un être des cieux, qui est venu à lui en chevauchant vents et nuages. Tandis qu'il la contemple avec ravissement, elle lui propose humblement un mariage d'amour qui durera autant que le soleil et la lune. Ils arrivent à une île au milieu de l'océan et pénètrent dans un palais de pierres précieuses, où le héros est magnifiquement accueilli par les parents de la Princesse Tortue : coupes de nectar, mets parfumés, chants et danses de jeunes vierges aux joues roses, jusqu'au crépuscule où, tous les êtres divins s'étant peu à peu retirés, les deux époux restent seuls, sourcil contre sourcil et manche contre manche. Le mortel élevé à ce bonheur imprévu oublie sa vie précédente. Mais, au bout de trois ans, la nostalgie s'éveille en son cœur : il voudrait revoir ses vieux parents et, comme le renard mourant, reposer sa tête sur la colline où est son terrier. La princesse, tout en larmes, appréhende la fin de cette union qu'elle avait crue solide comme la pierre et le bronze. Pourtant, elle le laissera partir, en lui confiant la cassette magique dont le secret doit assurer son retour. Il entre dans son bateau ; elle lui dit de fermer les yeux ; et le voici au pays natal. Mais là, tout est changé. Un paysan qu'il interroge s'étonne qu'on lui demande la demeure d'un homme qui disparut il y a trois cents ans. Ainsi, il a quitté son amour pour retrouver son père et sa mère ; mais eux-mêmes ne sont plus. Que faire ? Il erre à l'aventure, désolé, jusqu'au moment où, sa main touchant la boîte, il se rappelle son amante et, tout à la fois, oublie son serment. D'instinct, il ouvre le coffret, et la fumée odorante qui s'en échappe monte en s'enroulant vers le ciel. Alors, tournant sa face vers l'Ile bienheureuse d'où lui parvient comme une voix affaiblie, il sanglote ce dernier adieu : « En soupirant vers toi, ô ma bien-aimée, à l'aurore du jour, je me tiens sous ma porte, et j'écoute les vagues qui se brisent sur les rivages du Pays éternel ! »

Ici encore, l'écrivain nourri aux lettres chinoises montre souvent le bout de l'oreille ; mais si maints détails sont empruntés, le thème fondamental demeure toujours le même, et, comme dans le *Manyôshou*, il est traité d'une manière bien japonaise, avec une mélancolie gracieuse qui ne doit rien aux influences du continent. Plus tard, dans un de ces drames lyriques où devait se condenser le plus pur de la poésie nationale, on représentera l'auguste visite d'un envoyé impérial au temple de Midzounoyé, où maintenant Ourashima est adoré comme un dieu ; et on verra se révéler au messager du mikado, après Ourashima lui-même, le roi des dragons marins, la tortue aux cinq couleurs et la divine épousée du Mont Hôraï ; mais, au-dessus de toutes ces réminiscences, on sentira flotter, dans les vers de rêve qui font l'enchantement des Nô, l'âme délicate du vieux Japon qui conçut l'idée intime de cette légende.

Ailleurs, c'est encore l'esprit japonais qui inventera de nouvelles variantes. Dans un précieux rouleau que possède le British Museum, l'histoire d'Ourashima est illustrée de traits ingénieux, étrangers à ses rédactions anciennes. Le jeune pêcheur, ayant pris la tortue, se dit qu'il serait cruel de priver cette bête, fameuse pour sa longévité, des mille années de joie qui lui sont destinées; et, en fidèle bouddhiste, il la rejette dans les flots. Le lendemain, au même endroit, il aperçoit une femme en détresse sur un bateau que secouent les vagues furieuses; cette inconnue l'appelle à son secours, lui disant que tous ses compagnons ont péri dans la tempête et qu'elle seule survit maintenant, ballottée comme une épave; Ourashima, plein de pitié, rame durant une journée entière, sous sa conduite, pour la ramener à son pays; mais elle l'a dirigé vers la région immortelle et lui donne son amour en récompense de sa charité. De même, à la fin du récit, lorsque Ourashima, rentré au village natal, cherche en vain la trace de ses parents, un vieillard le mène devant le monument érigé en mémoire du dernier descendant d'une famille éteinte; et sur cette tombe, le malheureux lit son propre nom. Enfin, lorsqu'il a ouvert la boîte fatale qui retenait enclos les siècles passés auprès de son amante, et que soudain vieillit son visage de trente-cinq étés, c'est seulement son existence humaine qui s'évapore, comme un nuage violacé, et qui se dissipe dans l'atmosphère; son âme se transforme en une cigogne, l'oiseau d'immortalité, et, d'un coup d'aile, gagne le séjour merveilleux où la rejoint la

Tortue sacrée, qui lui donnera encore dix mille années de bonheur.

Nous arrivons ainsi à l'œuvre où ce symbolisme devait trouver son plein épanouissement : la légende dramatique de M. Tsoubooutchi Youzô. Par ce qui précède, le lecteur est maintenant préparé à la comprendre ; et en la comparant aux essais d'où elle sortit, il saura bien en mesurer la valeur. Quel chemin parcouru, à travers douze siècles d'évolution littéraire, depuis la brève anecdote du *Nihonghi* jusqu'à cette œuvre d'art! M. Tsoubooutchi, en pur lettré, a bien senti qu'on ne saurait imaginer le théâtre sous une forme plus exquise que celle des anciens Nô. Il a suivi la tradition des vieux maîtres, conservé leur esprit, versé à pleines mains dans son creuset tous les joyaux de la poésie nationale. Mais, en restant ainsi fidèle au génie natif, il a cependant montré avec éclat l'originalité de sa pensée personnelle. A l'antique légende indigène et à ses enjolivements chinois, il a su ajouter un élément nouveau : l'idéal d'une harmonieuse réconciliation entre l'âme orientale et l'âme de notre Europe. C'est le sens caché de cette féerie, où le Japon même semble emprunter la voix d'Ourashima lorsqu'il chante ces vers de la dernière scène : « Où s'en est-elle allée, ma jeunesse?... Elle a disparu comme un nuage, et maintenant me voilà un vieillard... Mais je ne renierai pas mon passé ! »

Il serait à souhaiter que cette belle œuvre, désormais

accessible à tous grâce à la traduction de M. Takamatsou Yoshiyé, pût tenter chez nous l'inspiration d'un compositeur de musique. J'entends d'ici les riches et délicates variations qu'il pourrait développer sur ce thème, depuis le prélude du premier acte, où s'exprimerait divinement la poésie de la mer, jusqu'aux motifs européens et japonais de la scène finale, où tout viendrait se fondre et s'harmoniser en quelque fugue magistrale. Cette fraîche rêverie japonaise venant se mêler à la science acquise de l'art occidental, ne serait-ce pas, suivant une image de notre auteur, « la Princesse de la lune qui s'éveille aux étoiles et qui descend sur la terre parmi les fleurs épanouies... »?

Michel Revon,
Professeur d'histoire de la civilisation japonaise à la Sorbonne.

Paris, 30 novembre 1921.

AVANT-PROPOS

L'auteur de la pièce que nous avons l'honneur de présenter au public, M. Tsouboooutchi-Youzoo, est, au Japon, l'un des écrivains les plus célèbres dans l'histoire littéraire de ces cinquante dernières années.

Auteur d'œuvres fort estimées, il a exercé une influence considérable sur notre littérature contemporaine.

Ce dernier demi-siècle a été caractérisé par un effort continu pour adapter la littérature de l'Europe occidentale à la littérature japonaise.

De plus en plus, la littérature européenne avait conquis la faveur de notre public lettré, qui s'était promis de renouveler notre littérature nationale en s'inspirant des exemples de l'Occident.

M. Tsouboooutchi, l'auteur de la nouvelle pièce **Ourashima**, *est l'un des hommes de lettres clairvoyants qui furent les promoteurs de ce mouvement littéraire, souvent comparé à la réforme romantique en France.*

Contre les absurdités de la prétendue littérature qui régnait souverainement au Japon auparavant, il avait préconisé et proclamé le réalisme.

Un roman réaliste Tôsei-shosei-Katagui (*caractère des étudiants contemporains*) *qu'il fit paraître, fut le modèle du genre et donna l'essor au nouveau mouvement.*

Ce roman provoqua dans la littérature japonaise une révolution analogue à celle que l'apparition du Cromwell *de Victor Hugo avait provoquée dans la conception du théâtre en France. On peut même dire que les initiatives de M. Tsoubooutchi ont créé une démarcation encore plus nette entre les romans de l'époque antérieure et ceux de l'époque suivante.*

L'apparition au Japon d'une foule d'admirateurs de Balzac, de Flaubert, de de Maupassant et de Zola, nous montre que le réalisme ou le naturalisme est arrivé à l'apogée de sa puissance dans la composition des romans de l'époque postérieure.

Les Japonais n'oublient pas que M. Tsoubooutchi fut le promoteur d'un mouvement littéraire aussi accentué.

Dès l'époque où il a commencé sa campagne, M. Tsoubooutchi, professeur à l'Université libre de Waseda, section des lettres, avait réuni autour de lui un nombre toujours croissant d'élèves zélés qui suivaient ses cours d'étude approfondie des œuvres de Shakespeare. Les conférences de M. Tsoubooutchi, grand amateur du théâtre japonais, sur Shakespeare étaient célèbres non seulement dans les milieux universitaires, mais encore dans toute la ville de Tôkyô.

De ses études sur Shakespeare est résultée une tra-

duction de diverses œuvres de l'illustre dramaturge anglais, traduction qui est demeurée classique.

Les connaissances que M. Tsoubooutchi avait acquises dans la littérature étrangère et le goût qui l'y avait poussé lui ont inspiré le désir d'étendre ses efforts littéraires dans une autre direction, celle du théâtre, pour le réformer comme il avait su rénover le roman japonais.

Il choisit ses sujets de composition surtout aux époques riches en grands guerriers (du VIIIe au XVIIe siècle) et fit éditer une multitude de pièces historiques à l'instar des œuvres shakeapeariennes.

Cependant, il faut remarquer que, dans tous les pays du monde, rien n'est plus sourd que la porte du théâtre à une voix nouvelle qui se fait entendre : les pièces composées au prix de mille peines par notre auteur étaient restées négligées si longtemps et par tous, à l'exception d'une minorité de lecteurs qui avaient su les apprécier, que ce fut seulement une vingtaine d'années après leur édition qu'elles furent enfin mises au théâtre.

Les efforts de notre auteur dramatique ont pris encore une autre direction et se sont portés du côté chorégraphique. La pièce Enn-no-gyoja *(l'Ermite), précédemment publiée en français, est l'un de ses essais dans cette voie.*

La nouvelle pièce, Ourashima, *présentée aujourd'hui aux lecteurs, en est aussi un.*

D'après l'avis de M. Tsoubooutchi, que nous partageons d'ailleurs, les danses japonaises sont les plus artistiques du monde ; elles sont d'un ton distingué et fécondes en sens ; elles joignent la beauté plastique à la poésie symbolique ; elles appartiennent à un genre supérieur qui peut parfaitement, et d'une manière artistique, harmoniser les éléments de la musique et ceux de l'art dramatique.

Il faudrait donc cultiver davantage ce terrain et en développer les beautés caractéristiques.

Or, la récente tendance de nos auteurs étant de produire des pièces absurdes, qui sont nombreuses, et bon nombre de ces pièces ayant un arrangement de gestes et d'intonations qui laissent à désirer, M. Tsoubooutchi s'est mis résolument à concentrer ses efforts dans le développement des beautés caractéristiques qui sont la plus charmante des traditions du théâtre japonais.

Il a poussé le zèle professionnel au point de faire venir des acteurs et des musiciens dans sa famille et d'essayer même de former des acteurs pris parmi les membres de sa famille ou parmi ses parents.

C'était un événement tout à fait extraordinaire que cette initiative prise par lui au Japon, où les acteurs sont méprisés par la société.

La nouvelle pièce, Ourashima, *une de celles qui ont vu le jour à la suite d'un travail si pénible, a été composée sur un sujet pris dans une vieille légende japonaise (dont l'origine semble étrangère) bien connue.*

Elle a été jouée dans des réunions sérieuses par des

groupes d'artistes et, à chacune de ses représentations, elle a fait les délices des amis des lettres.

Plus tard, M. Tsoubooutchi a fondé à ses frais une école dramatique et a fait jouer à plusieurs reprises, par son personnel enseignant et par ses élèves, des chefs-d'œuvre d'Europe et des pièces japonaises.

L'influence qu'il a ainsi exercée sur la réforme théâtrale, ou plutôt ses efforts persévérants pour cette réforme, continuent encore aujourd'hui, et le plus bel avenir est promis à son œuvre couronnée d'un résultat de jour en jour plus florissant.

M. Tsoubooutchi, qui a dépassé à peine la cinquantaine et qui, par son énergie, défie presque la jeunesse, nous promet encore maints autres chefs-d'œuvre.

Mais, de toutes ses productions déjà publiées, la nouvelle pièce, Ourashima, *est l'une de celles qui, de l'avis unanime, sont considérées plus particulièrement comme des chefs-d'œuvre.*

Nous ressentons un vif plaisir à voir cette pièce présentée au public français grâce à une traduction élégante et fidèle de M. Yoshiyé, professeur à l'Université libre de Waseda.

S. D.

PERSONNAGES

OURASHIMA.
OTOHIMÉ, *Princesse de la Mer.*
LE PÈRE D'OURASHIMA.
LA MÈRE D'OURASHIMA.
DEUX JEUNES MARIÉS.
TROIS PÊCHEURS.
TROIS PAYSANS *d'un certain âge.*
DEUX SUIVANTES D'OTOHIMÉ.
DES DANSEURS ET DES DANSEUSES.
UNE VIEILLE FEMME.
UNE BANDE D'ENFANTS.
DES POISSONS.

OURASHIMA

LÉGENDE DRAMATIQUE EN TROIS ACTES

ACTE PREMIER

PRÉLUDE

Au lever du rideau, des chanteurs et des musiciens sont assis en ligne devant un lourd rideau d'étoffe. Le chant attaque l'air d'Utahi.

LE CHANT

O la divine mélodie que chantent les vagues qui s'avancent et se retirent, sans changement, depuis l'ère des divinités!

LE CHANT (l'air de Ohsatsuma)

A l'est, à des milliers de lieues, dans la mer de Chine, il y a la Grande Vallée sans fond que l'on appelle la Vallée du Vide! Bien que l'eau de toutes les montagnes et de toutes les plaines, bien que l'eau du fleuve du ciel[1] s'écoule en elle, elle n'est jamais emplie; mais elle ne diminue pas non plus, et le sage chinois dit : « Cet Océan est sans limites. »

1. C'est-à-dire la Voie lactée.

LE CHANT (l'air d'Itchou)

Au nord, à l'infini, les vagues s'élèvent, mêlant le ciel et l'eau et, dans la plaine verte qui fume, des voiles s'estompent et disparaissent.

LE CHANT (l'air de Nagaouta)

Des voiles ou non, on ne sait ; les mouettes s'élancent dans l'air.

LE CHANT (l'air d'Itchou)

Elles volent avec la fumée de l'eau. Les vagues s'avancent et se retirent, sans changement, depuis l'ère des divinités. Par-delà cette onde aux nombreux replis se trouvent trois îles, et là, dit-on, habitent les divinités toujours jeunes.

LE CHANT (l'air de Nagaouta)

Aux soirs d'automne, sur la côte d'ouest, à la plage du Soleil couchant, les vagues qui s'avancent roulent avec un bruit sonore. L'eau se brise et se déchire contre les rochers, s'en va au loin, et loin elle lave les côtes de la Corée où le soleil qui se couche entre dans le palais de la nuit.

LE CHANT (l'air de Kiyomoto)

Dans le ciel où le rideau de brocart va se fondre, une lumière blanche s'allume, celle d'un bateau de pêche peut-être. Le rideau violet se fane et le dessin du ciel change lentement. Oh ! sans qu'on l'ait d'abord aperçue, la première étoile vient de sortir des manches décousues du nuage.

LE CHANT (l'air de Tokiwazu)

Et le ciel s'est ouvert... changeant comme un ciel d'automne. Le vent et le nuage volent! Au bruit de la godille, les bateaux de pêche se hâtent vers la plage.

Chanson :

Pluie, tombe, tombe,
Mais vent ne souffle pas;
Car mon mari est marin.
Si le vent pouvait parler,
Je le chargerais d'un message :
Puisqu'il voyage de tous côtés.

Les cris des oies sauvages, qui cousent au fil de leurs voix, les chants des matelots se dispersent dans le vent du soir, et les vagues tumultueuses se brisent contre les rochers.

LE CHANT (l'air d'Ohsatsuma)

Tout est grave et tourmenté!

(Le bruit des vagues. Les musiciens et les chanteurs entrent à droite et à gauche. Un chant de matelot s'élève derrière la scène.)

(L'air d'Ohiwaké)

O pauvre pêcheur,
Au détroit d'Ondo

Malgré sa godille très, très longue,
Il a peine à passer son bateau.

(Le bruit des vagues et du vent soufflant dans les pins se mêle à la chanson. La draperie du fond se lève lentement.)

SCÈNE PREMIÈRE

TROIS PÊCHEURS

A droite de la scène, deux ou trois pins poussés sur des gradins naturels montent jusqu'au fond de la scène. Ces pins, très vieux, laissent tomber de grandes branches jusqu'à terre. La plage, qui commence à ces pins, s'étend jusqu'au côté opposé. A gauche, au bord de la mer, deux bateaux de pêche à demi tirés, et au delà, de grands rochers. Au milieu de la scène, près des pins, des filets sont étendus, exposés au soleil. Au fond, de droite à gauche, à perte de vue, l'Océan.

C'est la fin de l'automne, au crépuscule. Le soleil, déjà couché, a laissé le ciel d'un rouge fané qui se reflète sur les pins et sur la mer, tandis que le croissant de la lune monte à l'orient au-dessus des rochers. Les nuages passent rapides et de temps à autre voilent la lumière de la lune. Les murmures du vent dans les pins accompagnent le bruit des vagues.

La chanson des matelots va finir. Sur la scène, trois pêcheurs d'un certain âge tirent un petit bateau au pied d'un pin en criant : « Eh ! Eh ! » En même temps, derrière la scène, la chanson s'achève et une autre commence.

LA CHANSON (air d'Ohiwaké)

C'est le vent de la séparation,
Résigne-toi !

Ne regarde pas même la voile qui s'éloigne ;
Car cela te ferait souffrir.

(Pendant cette chanson, les trois pêcheurs arrangent le gréement et ramassent les filets. Toujours le bruit des vagues.)

PREMIER PÊCHEUR

Pas de chance, aujourd'hui !

DEUXIÈME PÊCHEUR

Et regarde comme le ciel, par là, devient menaçant...

TROISIÈME PÊCHEUR

Si je rentre avec ce panier presque vide, ma femme en colère me couvrira d'injures, comme si je n'étais qu'un débris de plantes marines.

PREMIER PÊCHEUR

Ne demandons pas la tempête au large, il y aura déjà un fameux grain à la maison.

DEUXIÈME PÊCHEUR

Certes ! (Après un instant.) Dites-moi, est-ce que vraiment le fils unique d'Ourashima est fou ?

PREMIER PÊCHEUR

Oui ! Possédé des mauvais esprits, dit-on, il abandonne son métier, il se promène au lieu de travailler. Et quand ses parents le réprimandent, avec juste raison, il se met dans de terribles colères. Il s'obstine à ne plus faire que pêcher et toutes ses journées, depuis le matin jusqu'au soir, il les passe dans son bateau. Ces temps-ci, il est resté une semaine dehors sans rentrer.

TROISIÈME PÊCHEUR

Que pêche-t-il?

PREMIER PÊCHEUR

Si on le lui demande, il ne répond rien. Mais on chuchote qu'il cherche le poisson aux écailles d'argent, dont les yeux sont de perles, le ventre rouge, la queue et les nageoires d'or, ou bien qu'il poursuit une sirène. Ce qui est étrange, c'est qu'il n'emploie pour sa pêche aucun appât.

DEUXIÈME PÊCHEUR

Aucun appât? Oui, c'est étrange!

TROISIÈME PÊCHEUR

Une sirène! Il poursuit une sirène?

DEUXIÈME PÊCHEUR

Et son père, si robuste, en est devenu maigre et sec comme un hareng saur!

PREMIER PÊCHEUR

Le père se maintient encore, mais c'est la pauvre mère! Plus de repos, plus de sommeil. Hier soir, elle a rôdé par ici jusqu'au milieu de la nuit!

TROISIÈME PÊCHEUR

Il suffit de parler de quelqu'un pour voir son ombre, dit le proverbe. Voici la mère d'Ourashima.

(Ils achèvent de plier leurs filets.)

PREMIER PÊCHEUR

Elle vient? J'aime mieux ne pas la rencontrer.

DEUXIÈME PÊCHEUR

Évitons-la.

PREMIER PÊCHEUR

Oui, sauvons-nous.

(Ils disparaissent à gauche.)

SCÈNE II

Au commencement de la nuit. La lune est cachée par les nuages. Le temps est sombre. On entend le bruit du vent et des vagues. Un chant s'élève et, vers le milieu de ce chant, la mère d'Ourashima apparaît. Agée de plus de soixante ans, d'allure simple, mais non vulgaire, c'est une femme de paysan riche. L'expression de son visage et son attitude indiquent qu'elle cherche quelqu'un.

LE CHANT (l'air de Tokiwazu)

Les branches des buissons sont agitées par le vent de l'automne qui secoue les feuilles et disperse leur rosée. Mon cœur plein de larmes s'attriste quand la lune se cache derrière les nuages.

(Au rythme du chant, la vieille femme fait quelques gestes.)

LA VIEILLE FEMME

En me cachant de mon mari, et malgré sa défense, je cherche mon fils chaque nuit. Mais je ne découvre aucune trace. Ah ! comme je tremble et comme j'ai peur !

(Toujours le bruit du vent et des vagues. Une troisième chanson commence derrière la scène, plus faible, plus lointaine et plus plaintive que les autres.)

LA CHANSON (l'air d'Ohiwaké)

Les parents s'irritent contre leur fils qui s'en est allé
Mais ils le rechercheront plus tard,
Même s'il fut un peu fou,
Plus encore s'il est ingrat.

(Pendant cette chanson, le père d'Ourashima apparaît. C'est un homme d'environ soixante-dix ans, vêtu d'un costume de paysan riche. Quoique robuste encore, il s'appuie sur un bâton.)

LA VIEILLE FEMME

(A part, marchant de long en large.) Certes, il a toujours été vif, emporté, mais on dit maintenant qu'il est possédé des mauvais esprits... Il se tuera peut-être. Hélas ! Hélas ! Que je suis malheureuse !

(La lune sort des nuages. Le vieil homme, caché derrière un pin, regarde sa femme sans qu'elle le voie. Celle-ci revient au milieu de la scène.)

LA VIEILLE FEMME

Je ne puis rien qu'implorer les divinités pour qu'elles le protègent. O mon fils, mon fils !...

(Elle prie les divinités, se tournant dans toutes les directions[1]. Pendant ce temps, son mari s'approche d'elle doucement.)

LE VIEIL HOMME

Ma femme, ma pauvre femme !

LA VIEILLE FEMME

Ah ! (Se retournant.) C'est vous !

(Elle s'agenouille, baissant la tête.)

Après votre défense, je suis sans excuse...

(Elle se couvre le visage de sa manche. Son mari s'assied au bord du bateau.)

LE VIEIL HOMME

Un ingrat tel que lui, je ne le considère plus comme mon fils, et je vous ai déjà dit que, vous aussi, vous deviez l'oublier. S'il ne se repent pas, nous ne lui permettrons plus de rentrer au foyer. Nous en étions convenus, n'est-ce pas ? A quoi bon ce serment si nous sommes prêts à lui pardonner tout de suite ? L'ingrat reviendra, et il méprisera notre faiblesse. Faites-vous à l'idée que ce fils rebelle n'est plus notre enfant, et rentrez avec moi chez nous. C'est mieux.

LA VIEILLE FEMME

Oublier ? Comment oublier que j'ai un fils ?

(Elle pleure.)

1. C'est une coutume japonaise, car on croit que les divinités sont dispersées de tous côtés.

LE CHANT (l'air de Tokiwazu)

L'amour des enfants vous fait oublier le fardeau de la vie et les vagues de l'âge qui, lentement, montent.

LA VIEILLE FEMME

Oh ! comment oublier ?

(Elle pleure toujours.)

LE CHANT (le même air)

S'il y a beaucoup d'enfants,
Le cœur des parents
Les aime chacun
Comme une pierre précieuse.
..... S'il n'y a
Qu'un seul fruit
Au vieil arbre,
Oh ! que le vent ne souffle pas,
Même la nuit, pendant le sommeil
Pour l'arracher !
Le cœur des parents ne peut oublier l'enfant.
Et dans ce monde de rêve,
L'enfant seul est une réalité.

(La mère continue à sangloter.)

LE VIEIL HOMME

Vous avez toujours été trop faible. Vous l'avez gâté, et il est devenu tellement capricieux qu'il ne nous considère plus comme on doit considérer les parents. Pour que la vigne grandisse, il faut la tailler.

LE CHANT (l'air de Takemoto)

Pour l'avenir de votre enfant, bijou précieux, il faut creuser la ciselure, a dit l'ancien sage.

LE VIEIL HOMME

Nous parlons trop. (Il se lève.) Plus un mot. Résignez-vous et rentrons chez nous tous les deux.

(La femme lève la tête.)

LA VIEILLE FEMME

Ecoutez-moi.

LE VIEIL HOMME

Quoi encore ?

LA VIEILLE FEMME

Vous me faites entendre que, pour l'amour qu'on leur porte, il faut frapper les enfants. Mais la branche, quand on la tord trop, ne se casse-t-elle pas ?

LE VIEIL HOMME

Si.

LA VIEILLE FEMME

Et si on le fouette trop, le cheval ne se précipite-t-il pas aussi bien dans le feu que dans l'eau !

LE VIEIL HOMME

Si.

LE CHANT (l'air de Tokiwazu)

Si l'on s'entête, on en garde un regret ineffaçable.

LA VIEILLE FEMME

Le prévoyez-vous, ce regret?

LE VIEIL HOMME

Oui, sans doute.

LA VIEILLE FEMME

Non. Vous êtes trop dur! On se détache d'un objet sans vie. Mais peut-on délaisser un fils, cette autre partie de soi-même, pour une colère d'un jour?

LE CHANT (l'air de Tokiwazu)

Le miroir auquel je suis accoutumé, je ne peux l'abandonner. Même s'il est usé, même s'il est fêlé et reflète mal mon image. N'est-il pas toujours mon miroir? Et s'il s'est obscurci par mon manque de soins, ne serais-je pas doublement coupable si je le rejetais?

(Pendant ce chant, le mari se dispose à partir. Sa femme le supplie de rester.)

LA VIEILLE FEMME

Au moins une dernière fois, je vous en supplie, donnez-lui vos conseils.

(Le mari s'assied silencieusement au bord du bateau, et reste pensif.)

LE VIEIL HOMME

Je ne voulais plus voir son visage, mais puisque vous me suppliez ainsi...

(Il se tourne vers la mer et montre du doigt la lune qui descend dans le ciel du côté de l'ouest.)

LE VIEIL HOMME

J'attendrai jusqu'au coucher de la lune ; s'il revient alors, à cause de vous, je le reverrai.

LA VIEILLE FEMME

Et au moins, une dernière fois...

LE VIEIL HOMME

Je lui donnerai des conseils. Reste à savoir si cela produira quelque effet?

TOUS LES DEUX

On ne sait.

LE CHANT (l'air de Takémoto)

Le lien qui relie le fils aux parents dans ce monde de phénomènes est bien faible.

(La vieille femme remplie de douleur s'accroche à la manche de son mari avec des gestes de désespoir. Puis elle se tourne vers la mer.)

LA VIEILLE FEMME

Voyez, une barque arrive du large.

LE VIEIL HOMME

Quoi ?

(Il regarde et approuve.)

LE CHANT (l'air de Tokiwazu)

Nous l'attendrons, derrière le pin, avec notre cœur lourd de peine.

(La femme se dispose à courir vers la mer, le mari la retient et la mène derrière le pin.)

SCÈNE III

OURASHIMA, SON PÈRE ET SA MÈRE

Toujours le vent et le bruit des vagues. Les nuages courent rapides et la lune qui va se coucher se montre et disparaît tour à tour. Ourashima apparaît au fond de la scène pendant le chant qui va suivre. C'est un jeune homme d'une rare distinction, d'environ vingt-trois ans. Son visage est beau et triste. Son costume est soigné, mais ses cheveux en désordre. Il porte sur l'épaule des ustensiles de pêche et tient à la main un panier à filets. Il s'avance en chancelant.

LE CHANT (l'air d'Utahi)

Enveloppé d'une flamme d'or,
Enveloppé d'une flamme d'or,
Je voudrais être une pierre précieuse
Qui se fond.

LE CHANT (l'air d'Itchu)

Je regarde, mais ne peux voir,

J'entends, mais ne puis saisir :
Combien de nuits ai-je passées
Dans un bateau au gré des flots,
En cherchant ce que je désire...

(Il s'avance près du bateau, au milieu de la scène, et fait quelques gestes qui accompagnent le chant qui va suivre.)

LE CHANT (l'air d'Itchu)

Où a-t-elle disparu, la vision chimérique qui m'est apparue sous le voile d'écume, soulevé par ma ligne? A cause d'elle, je déteste le monde actuel.

(Il fait quelques gestes découragés, enlève sa canne à pêche de sur son épaule et la considère avec tristesse.)

OURASHIMA

J'ai brisé ma dernière ligne.

(Il jette sa canne à terre.)

LE CHANT

A quoi bon tous les filets et tous les hameçons, ils ne me serviraient à rien pour sauver moi-même ou les autres.

(Il jette le panier qu'il portait à la main.)

LE CHANT

Je cherche des poissons, mais mon âme vagabonde dans l'empire du Néant. Oh! si la tempête au moins soufflait! Je suis comme un bateau qui se brise.

(Il marche de long en large, et il se prend à pleurer et à crier comme un fou de plus en plus excité.)

OURASHIMA

Des parents attentifs me comprendraient, mais les miens sont trop loin de moi et leur appui me manque. Est-ce vraiment aimer d'un amour paternel que de troubler le cœur d'un enfant malheureux au lieu de le secourir ?

(Il est debout à droite de la scène et s'arrête en pleurant.)
(Son père, caché derrière un pin, se dispose à courir vers lui, la mère l'arrête.)

OURASHIMA

Ainsi sous le vaste ciel (Il regarde le ciel avec un geste menaçant), personne qui puisse me comprendre !

LE CHANT

Je ne peux plus aimer ni les fleurs ni les chants d'oiseaux, car dans ce monde il n'y a personne pour me comprendre. Les amis ne vous aiment que dans la prospérité. Ah ! j'ai le dégoût et l'horreur du monde.

(A ce moment, la lune se montre entre les nuages et éclaire le dos d'Ourashima baissé. Il aperçoit tout à coup son ombre qui se projette sur la terre. Alors il s'assied, le regard tourné vers la mer, et devient pensif.)

LE CHANT

C'est la lune seule que j'admire et aime.

Car si elle décroît, c'est à cause de l'ombre des planètes.

Si elle est cachée, c'est la faute du nuage.

Elle seule, je l'admire et l'aime. Hélas ! c'est elle, la lune si belle, qui me la rappelle, l'étrange vision, et me fait souffrir.

(Il se lève et se jette violemment par terre. La lune décline. Le bruit des vagues est de plus en plus fort. Et le ciel est menaçant, car la tempête arrive. Le père sort de derrière le pin, la mère le suit et tous deux s'avancent vers Ourashima.)

LE PÈRE

Eh bien, lèveras-tu la tête ?

OURASHIMA

C'est vous, mon père ! et vous aussi, ma mère !

(Il se lève.)

LE CHANT (l'air d'Itchu)

C'est curieux, comme il bat étrangement, mon cœur !

(Ourashima cherche d'abord à s'enfuir. Son père l'arrête.)

LE CHANT (l'air de Takémoto)

Les yeux d'un ingrat tel que toi reconnaîtront-ils le visage de ton père et de ta mère ?

LE PÈRE

Te voilà de retour et tu n'implores pas le pardon de ta faute : tu l'aggraves ainsi. Je voudrais t'en blâmer, mais d'abord fais-moi connaître cette vision dont tu parlais tout à l'heure.

LE CHANT (l'air de Takémoto)

C'est elle qui écarte le fils des parents.

LE PÈRE

Qui est celle qui te hante ? D'où vient-elle ?

LE CHANT

C'est la mère qui les réconciliera, le père et le fils.

LA MÈRE (doucement)

Dis-le, bien vite.

LE PÈRE

Je l'exige.

OURASHIMA

Je ne sais, je ne sais.

(Il se lève et repousse du geste son père et sa mère.)

LE CHANT (l'air d'Itchu)

La vision n'est que vision. Et l'homme ne verra jamais son image adorable.

(On dirait qu'Ourashima en extase poursuit cette vision des yeux. Il s'éloigne vers la gauche. Le bruit du vent et des vagues se fait entendre de plus en plus violent.)

LE CHANT (l'air de Takémoto)

Quoi, l'homme ordinaire ne peut la voir, à ce que tu dis ?

(Le père, ne pouvant se dominer, saisit alors Ourashima par la poitrine. La mère se jette entre eux pour les écarter.)

LE CHANT (l'air de Tokiwazu)

Il est fou ! Il est fou !

(Ourashima, vaincu par son père, chancelle. Le père se dispose à le frapper, mais, de nouveau, la mère l'arrête.)

LE CHANT (l'air de Tokiwazu)

Même si la mer se changeait en plaine, je ne dirais jamais plus que je suis ton père.

(La lutte se poursuit. Enfin, le père terrasse Ourashima, et la pauvre mère se baisse et sanglote, le front contre terre. La tempête s'est déchaînée tout à fait.)

LE PÈRE

Et maintenant qu'il n'y a plus de lien entre nous, que ton ombre même ne se dessine pas sur la porte de notre maison.

LE CHANT (l'air de Tokiwazu)

Bientôt le jour viendra où tu te souviendras de ton passé, tu le regretteras sans pouvoir le réparer.

LE PÈRE

Viens, ma femme, allons, viens.

(Il se dispose à sortir et cherche à entraîner sa femme. Celle-ci tente de s'approcher d'Ourashima, mais son mari l'arrête. Ourashima relève la tête ; ils se regardent tous les trois.)

LE CHANT

Dans ce monde de rêves, il y a des attachements si

forts qu'on ne peut les briser qu'en se déchirant soi-même.

(Finalement, le vieil homme sort, emmenant sa femme.)

SCÈNE IV

OURASHIMA, UNE JEUNE FILLE

La tempête se calme petit à petit, mais on entend toujours le bruit des vagues au large. Une quatrième chanson de matelot, plus triste et plus lointaine, s'élève dans l'air.

LA CHANSON DU MATELOT (l'air d'Ohiwaké)

Je ne connais pas mon passé.
Ni mon avenir non plus :
Je suis un petit bateau lancé au gré des flots.

(Ourashima relève lentement la tête, et écoute cette chanson.)

OURASHIMA

Mon âme s'en va et mon corps reste sans vie.

LE CHANT (l'air d'Itchu)

Ce qui s'en est allé, c'est l'écume qui se fond. Et ce qui va venir, c'est l'ombre des filandres qui se reflète sur l'eau. Comment suis-je dans ce monde ? Où irai-je ? Et que ferai-je ? J'erre sur la mer de la vie et de la mort. Je suis un vagabond, au centre du rêve de la vie éternelle.

(Pendant ce chant, Ourashima se lève et se dirige en chancelant vers la mer. Le tableau change en partie : les bateaux et les pins semblent s'éloigner et disparaître derrière un rideau d'obscurité. La plage occupe maintenant toute la scène. Au milieu s'élèvent deux ou trois grands rochers. Au fond, à perte de vue, l'océan. On entend toujours, venant du large, le bruit des vagues. Ourashima regarde la mer avec admiration.)

OURASHIMA

Lorsque la mer est calme, un petit enfant y pourrait dormir sur une planche. Lorsque la tempête l'agite, même les étoiles du firmament tremblent.

LE CHANT

L'océan bleu qui s'étend sans limites et sans bornes est le cimetière de la nature.

OURASHIMA

Non seulement celui des hommes et des animaux, mais celui des rivières et des montagnes aussi, lorsqu'elles s'effondrent et s'écroulent.

LE CHANT

Toutes les choses visibles se fondent en toi, ô énigme inexplicable ! ô mer !

OURASHIMA

Cité miraculeuse de la mort ! Recevez donc aussi cette goutte d'eau dans votre sein.

(En chancelant, il se met à marcher de nouveau vers la mer, mais tout à coup il s'arrête, souriant tristement, et il parle.)

C'est la mer qui m'a élevé et je suis semblable aux poissons ; je nage aussi bien qu'eux ; comment pourrais-je me noyer ? Alors, que faire ?

(Il reste anxieux, puis un moment après.)

Ah ! je me souviens...

(Il se lève lentement et prend une petite lame tranchante dans le panier jeté à terre.)

LE CHANT

Mon âme rentrera au Creuset de la Grande Nature qui l'y a forgée. Je rendrai mon âme à la nature, insaisissable, et qui n'est qu'illusion.

(Au moment où il va s'enfoncer le couteau dans la gorge, une jeune fille surgit de derrière les rochers. Elle court à Ourashima et arrête sa main.)

(Cette jeune fille est vêtue comme une simple paysanne, mais son visage a l'éclat d'une pierre précieuse. Agée à peu près de dix-sept ans, elle a des cheveux noirs noués de chaque côté du front où ils forment deux boucles. Bien que retenus par un petit peigne, ils sont légèrement échevelés par le vent de la mer. Ses manches aussi flottent à la brise. Elle s'accroche au bras d'Ourashima et, baissant son visage, elle lève les yeux vers lui. Elle est fraîche et éclatante comme la pleine lune sortant des flots de l'Océan. Ourashima, étonné, la regarde.)

OURASHIMA

Qui êtes-vous ?

LA JEUNE FILLE

Calmez-vous, je ne suis pas un fantôme. Il n'y a rien de surnaturel en moi. Mon bateau a coulé au large pendant la tempête, mais j'ai pu nager et arriver heureusement sur cette plage...

LE CHANT (l'air de Nagaouta)

La lune se plonge dans les vagues et la nuit de jais s'étend de tous côtés. Mon cœur aussi est saisi par les ténèbres et ne peut plus me servir à me diriger.

(Pendant ce chant, la jeune fille se redresse; Ourashima, en extase, gardant son couteau à la main, ne cesse de la regarder. Enfin, il laisse tomber le couteau; car, fasciné, il ne peut plus détacher ses yeux de la jeune fille qui danse.)

LE CHANT (l'air d'Itchu)

Oh! est-ce un rêve? Ou la vision apparaît-elle encore à mes yeux?

(Ourashima se lève et danse avec la jeune fille. Un des vêtements de celle-ci glisse à terre et elle apparaît, plus jolie encore, dans un nouveau costume.)

LE CHANT (l'air de Nagaouta)

A qui me confierai-je? Je ne sais! Au delà des vagues, dans une île, se trouvent mon père que j'ai quitté depuis longtemps et que j'aime, et ma pauvre mère qui m'attend toujours toute saisie d'angoisse lorsque le vent souffle à travers les pins de la plage.

(Ourashima danse avec l'inconnue comme dans un rêve.)

LA JEUNE FILLE

Conduisez-moi dans mon pays.

OURASHIMA

Où donc? Où se trouve-t-il, votre pays?

(Il regarde amoureusement le visage de la jeune fille.)

LE CHANT (l'air de Nagaouta, pour Ourashima)

En te regardant, en mon cœur qui pourtant déteste la vie, monte une idée d'amour.

LE CHANT (le même air, pour la jeune fille)

Toi et moi, dont les cœurs ne se sépareront jamais! Cependant, tel un couple de canards mandarins, nous ne pouvons trouver l'occasion de nous unir.

LE CHANT (le même air, pour Ourashima)

Qu'importe si c'est avec toi que je vagabonde comme les oiseaux sauvages!...

LE CHANT (pour deux)

Nous sommes des oiseaux qui resteront ensemble pour des générations et des générations.

(Ils cessent de danser.)

OURASHIMA

Eh bien, où comptez-vous aller?

LA JEUNE FILLE

Je désire retourner...

OURASHIMA

Où cela ?

LA JEUNE FILLE

Au fond de la mer.

OURASHIMA

Ciel ! Au fond de la mer ?

(Ourashima reste muet d'étonnement. La jeune fille se redresse.)

LA JEUNE FILLE

Je n'appartiens pas à la race humaine.

(Elle se lève lentement.)

LE CHANT (l'air de Utahi)

Je suis une jeune fille, mais je suis née de la déesse qui habite le fond de la mer.

(De nouveau, elle danse lentement et doucement.)

OURASHIMA

La fille de la déesse de la mer !

(Il se demande s'il rêve. La jeune fille fait quelques gestes, montrant qu'elle se rappelle des souvenirs.)

LE CHANT (l'air de Nagaouta)

Aux matins du printemps, l'océan qui s'étend à perte de vue est couleur d'émeraude. L'eau en est transparente jusqu'en ses profondeurs. Aux portes du palais de la mer, la voûte céleste se reflète ; les nuages aux couleurs éblouissantes flottent dans le firmament, entraînant au loin les regards des habitants de la mer.

Alors, j'ai désiré voir l'inconnu, visiter le monde des hommes, et, à l'automne, j'ai quitté le palais où les plantes marines ressemblent à des bijoux, et sous la forme d'une tortue, je suis montée à la surface des vagues. Mais, sans la permission de mon père.

(Pendant ce chant, les vêtements de la jeune fille glissent petit à petit et, à la fin, elle est vêtue d'un blanc éclatant. Sa robe d'une étoffe vaporeuse est toute couverte d'herbes aquatiques brodées d'or et d'argent. Le peigne qui retient sa chevelure resplendit tout à coup d'une lumière dorée. Un collier d'argent, de perles et d'écaille étincelle sur sa poitrine. Des bracelets luisent à ses poignets. Ses cheveux se dénouent et tombent jusqu'à terre. Sa poitrine blanche comme une pierre précieuse et ses bras nacrés apparaissent sous de légères draperies que retiennent plusieurs bandelettes de brocart rouge et blanc. On dirait à la voir un long poisson blanc aux nageoires, aux écailles et à la queue d'or et d'argent. Elle donne une impression de pure fraîcheur; c'est une divinité de la mer humide.)

(Elle danse, imitant les mouvements d'une tortue qui monte à la surface de l'eau, jusqu'au rivage et regarde le ciel et les montagnes.)

LE CHANT

En ce moment, au ciel de l'ouest, brille une pierre précieuse, et bientôt des coulées de corail, des traînées d'or et d'argent coloreront le firmament... Alors, le bas des nuages disparaîtra dans la pourpre.

(Ourashima se lève et le couple règle harmonieusement sa danse.)

LE CHANT (l'air de Nagaouta, pour Ourashima)

Les enfants des pêcheurs s'appellent et crient de joie quand ils peuvent saisir une tortue qui s'est oubliée, en rêvant sur la grève.

(La jeune fille et Ourashima dansent. Leurs gestes indiquent que la tortue est sauvée. Cette figure se continue assez longtemps.)

LE CHANT (le même air, pour la jeune fille)

Oh ! quelle joie ! Je suis sauvée, et pourrai retourner au fond de l'océan. Jamais je n'oublierai la bonté que tu m'as témoignée.

LE CHANT (le même air, pour Ourashima)

Oh ! quelle joie ! pour moi, de contempler une fois encore cette vision si merveilleuse.

LE CHANT (le même air, pour deux)

Dans notre extase, nous ne savons plus si c'est un rêve ou la réalité.

LE CHANT

Nous vivrons une vie qui ne sera pas un rêve et nous resterons ensemble dans un univers d'éternelle jeunesse.

(Au comble de la joie, ils s'enlacent follement et dansent.)

LE CHANT (pour Ourashima)

La vision s'est réalisée : toi et moi nous sommes deux unis en un seul.

(A ce moment, le vêtement d'Ourashima glisse brusquement à terre. Il apparaît dans un costume blanc comme la neige. Ses cheveux retombent sur ses épaules. A son front luit un anneau d'or orné de joyaux. Ils entremêlent leurs danses, comme deux papillons ou deux poissons ailés. Cependant la scène s'assombrit et sur la mer flotte une lumière étrange, tantôt bleuâtre comme celle de l'éclair, tantôt blanche comme un rayon de lune.)

LE CHANT

Toi et moi nous sommes deux vagues : l'une s'avance, l'autre se retire; elles vont s'unir dans la mer. Nous sommes ensemble et nous ne nous séparerons jamais bien que ce monde doive finir.

LE CHANT (pour la jeune fille)

Jamais nous ne nous séparerons. Suis-moi dans l'univers d'éternelle jeunesse.

LE CHANT (pour Ourashima)

Conduis-moi, ô joie !

LE CHANT (pour deux)

L'océan sans limite et sans borne sera débordé de notre joie; les vagues de notre bonheur s'étendant sans fin toucheront le firmament.

(Tous deux dansent et se retirent petit à petit vers le fond de la scène. En même temps, le décor change lentement, et, au fond, sur la mer, paraît, vague comme un rêve, le palais de la mer, miraculeuse vision.)

(Le rideau se baisse. La musique et toujours le bruit des vagues continuent.)

ACTE DEUXIÈME

SCÈNE PREMIÈRE

UN POISSON ROUGE, DES POISSONS MALES ET FEMELLES, D'AUTRES POISSONS

Un air de musique doucement modulé accompagne le chant des vagues. Le rideau se lève, la scène représente un jardin sous-marin au fond de l'océan. De tous côtés croissent des plantes dont les tiges et les feuilles flottent et ondoient légèrement au fil de l'eau, comme de longs écheveaux dévidés.

Çà et là s'élèvent de grandes roches sombres couvertes d'algues et de coquilles. Parmi les feuillages rouges et bruns, parmi des fruits d'argent, de nacre ou de cristal, des poissons des sortes les plus diverses, nagent. La musique entame un air de danse, la foule des poissons arrive en dansant.

Un poisson rouge entre à gauche...

LE CHANT

Pakkouri, Pakkouri,
Tsoui-tsoui..... Yokkouri,
Pakkouri, tsoui-tsoui.

(Un poisson femelle paraît à droite et danse avec un poisson mâle, une danse amoureuse.)

(Une musique s'élève qui semble venir du fond de la mer. Les poissons se rassemblent, puis se séparent en deux bandes qui tantôt s'éloignent, tantôt se rapprochent, comme un éventail qui s'ouvre et se referme. Le poisson rouge écarte les deux poissons qui dansaient.)

LE CHANT

Allez-vous-en. Faites place. Le prince et la princesse vont paraître. Allez vous cacher derrière les plantes.

(Ils sortent tous les trois.)

SCÈNE II

OURASHIMA, OTOHIMÉ, DEUX SUIVANTES

Une musique très mélodieuse. Le palais de la mer s'élève lentement, tandis que les plantes disparaissent sous les flots. Le toit du palais est en forme de dôme, les colonnes, de corail, ornées d'agate, d'écaille de tortue et de coquillages.

Aux fenêtres, des guirlandes de plantes aquatiques encadrent des rideaux de mousseline soyeuse, brodés de coquilles aux nuances variées. Par ces fenêtres, les vagues passent librement, et les poissons aussi entrent et sortent.

Aux fenêtres de la façade, les rideaux sont relevés.

Les terrasses qui font le tour du palais sont pavées de coquillages blancs et entourées de balustrades de corail. Sur le devant du palais, trois marches de coquillages blancs montent aux terrasses.

Par derrière le palais, on aperçoit des tourelles et d'autres constructions dont les toits dorés étincellent.

A l'intérieur du palais, Ourashima est assis dans un fauteuil de corail ! Il se tient le front de la main gauche et semble pensif. Il porte sur la tête un diadème orné d'un petit dragon d'or. Ses vêtements aux manches longues et étroites descendent jusqu'à terre.

Près de lui, Otohimé se tient debout, la main appuyée au fauteuil d'Ourashima dont elle contemple le visage, en s'inclinant un peu. Ses cheveux, qui forment deux boucles sur le dessus de la tête, sont ornés du même dragon d'or parmi d'autres bijoux. Elle porte aussi un collier et des bracelets d'or et d'argent, mais ses vêtements sont de nuance sombre. Le fauteuil sur lequel elle doit s'asseoir est placé un peu à gauche, sous la fenêtre. Les deux jeunes suivantes, debout, portent un chapeau en forme de poisson.

La musique est de plus en plus douce et assourdie. Ourashima lève la tête et prie des yeux la princesse de s'asseoir. Elle prend place dans le fauteuil que lui offrent les deux jeunes filles.

OTOHIMÉ

Que me dites-vous ? et pourquoi l'expression de votre visage est-elle si changée ces jours-ci ? Dans ce palais « d'éternelle joie », les soucis ne doivent pas entrer. Hélas ! le désir de revoir le monde humain vous tourmente ?

OURASHIMA

Je ne le cache plus : vous m'avez deviné. Trois ans se sont écoulés depuis mon arrivée ici. Trois ans pendant lesquels j'ai vécu avec vous des jours tissés de joie, sans que la moindre pensée triste m'ait effleuré. Avec vous, j'ai touché le bonheur. Cependant.....

(Il songe, le regard levé, comme s'il voulait contempler le ciel.)

LE CHANT (l'air d'Utahi)

Toutes les nuits où la lune brille par delà les vagues qui s'entassent en des milliers de couches, la chanson du pêcheur, dolente et triste, s'entend.....

LE CHANT (l'air d'Itchu)

Sanglotant avec les vagues qui mugissent, elle se lamente avec les flots qui se retirent, c'est une voix humaine qui s'afflige. A l'écouter, mon cœur se brise.

(Ourashima se lève en chancelant.)

LE CHANT (l'air d'Itchu)

Pour la première fois, j'éprouve une insoutenable tristesse d'avoir quitté le sol natal. Je pleure et voudrais revoir mes parents. Mon cœur, tout plein de leur souvenir, ne cesse de crier vers eux.

(Ce chant est accompagné des gestes d'Ourashima.)

OURASHIMA

Et puis, je ne veux plus goûter seul cette joie profonde. Si vous me permettiez de vous quitter pendant quelques jours, je ramènerais ici ensuite mon père et ma mère.

(Otohimé qui était demeurée silencieuse, les yeux baissés, lève la tête et dit lentement.)

OTOHIMÉ

Vos paroles manquent de sagesse. Ici, loin du monde humain, vous pouvez goûter une joie pure et sans mélange. Mais à peine aurez-vous mis le pied sur la terre et touché des choses impures que ces plantes vertes comme l'émeraude, ces fleurs d'argent se faneront et se dessécheront. Ce palais même disparaîtra pour vous.

Vous ne pourrez plus y rentrer : comment alors y ramener vos parents ?

(Elle parle doucement, avec tendresse et pitié.)

OURASHIMA

Mais non, mais non. Les branches qui ont fleuri l'année dernière auront des fleurs cette année encore. Quand le chemin est une fois tracé, il n'y a plus de difficulté à le suivre. S'il m'est impossible d'amener ici mes parents.....

LE CHANT (l'air de Nagaouta)

En rentrant dans mon pays, je composerai un hymne et je chanterai sur ma lyre l'univers de joie éternelle. Et mes paroles seront vraies. Aussi les gens habitués à l'impureté et au mensonge s'éveilleront. Leur cœur redeviendra pur comme la lumière de la lune quand elle éclaire la nuit d'automne.

(Ourashima, excité, se levant, danse. Otohimé se lève aussi, dans le désir de l'arrêter.)

LE CHANT (le même air)

Si la lumière se faisait dans leur cœur, les nuages d'erreur la voileraient aussitôt. Mais comment pourraient-ils l'entendre, le chant de votre lyre ? Ne sont-ils pas sourds à tout ce qui est vrai ? Au milieu d'eux, vous redeviendriez semblable à eux. Il faut être fidèle et ne poursuivre qu'un dessein : le pêcheur qui tenterait de prendre deux poissons, l'un à droite, l'autre à gauche, les laisserait fuir tous les deux.

(Elle s'approche d'Ourashima. Elle est très noble et très digne, plus belle que jamais. Elle le conseille par gestes. Puis, ils regagnent leur place.)

OTOHIMÉ

Ne formez pas de projets irréalisables... Mais plutôt, admirez, là-bas, les poissons qui viennent danser pour vous distraire.....

(Ourashima se lève. Otohimé aussi. Les jeunes suivantes transportent les fauteuils un peu plus en arrière.)

SCÈNE III

OURASHIMA, OTOHIMÉ, LES DEUX SUIVANTES, LES DANSEURS, VISIONS DU PÈRE ET DE LA MÈRE

Une musique très mélodieuse. A gauche, une cinquantaine de poissons mâles et femelles entrent en scène.

Les uns sont vêtus de couleurs vives et les autres de mêmes teintes, mais plus pâles. Chaque couple porte la même nuance. L'ensemble donne l'impression d'un arc-en-ciel. Ils se rencontrent en face du palais et se croisent.

LE CHANT

Au loin, les nuages flottent dans l'air et bordent les vagues qui s'étendent jusqu'à l'horizon.

Les brouillards s'épandent entre les châteaux et les donjons montent jusqu'au ciel.

(Les danseurs, par couples, disparaissent vers la gauche du palais, ils en font le tour et rentrent par la droite. Deuxième chant.)

LE CHANT

Vous êtes entré par hasard dans un monde féerique, et vous y êtes resté une demi-journée comme invité.....

... Cependant, quand vous retournerez dans votre pays natal, vous trouverez un petit-fils de sept générations passées.

(Au rythme de ce chant, les danseurs achèvent pour la seconde fois le tour du palais et réapparaissent à droite. A ce moment, on entend une chanson au loin, faible et triste ; on en peut saisir les paroles.)

(Tout en s'avançant vers la gauche, les danseurs ralentissent leurs pas. L'orchestre joue doucement et en sourdine. La chanson se rapproche, les danseurs se rangent en ligne, un par un ; et ceux qui sont vêtus de couleurs vives disparaissent petit à petit. Les autres dansent lentement, comme lassés.)

(Ourashima, étonné, écoute attentivement ce chant de plus en plus rapproché. Otohimé demeure sans bouger.)

LA CHANSON

Toujours les parents
Cherchent les enfants.
Mais bien rarement
Ceux-ci,
Leurs parents.

(Pendant cette chanson, les danseurs réapparaissent une quatrième fois sur la droite du palais. Leur ensemble est de plus en plus terne, les nuances de plus en plus pâles, même les vêtements des derniers arrivants sont presque blancs. Ces danseurs sont maintenant en petit nombre et paraissent mimer avec des gestes las, l'enterrement d'un enfant chéri.)

(Le ciel, qui s'était obscurci depuis quelques instants, continue à s'assombrir. La mer est agitée; de temps à autre, un éclair luit. Tout à coup, derrière le dernier des danseurs, se montre une personne étrangère. Elle s'avance, la tête baissée, cachant son visage dans ses deux longues manches. Sa démarche est triste et fatiguée.)

(Ourashima, saisi d'étonnement, devient tout pâle. D'un bond, il quitte son fauteuil. Il ne cesse de regarder la vieille femme qui va disparaître derrière le palais.)

(Les danseurs moins nombreux réapparaissent à droite pour la cinquième fois. La scène devient plus claire. Ourashima tourne la tête à droite et à gauche avec l'air d'un homme qui s'éveille d'un cauchemar. On entend la seconde chanson de matelots chantée au premier acte.)

LA CHANSON (l'air d'Ohiwaké)

Les parents s'irritent
Contre le fils égaré,
Mais ils le rechercheront plus tard...

(Pendant cette chanson, les danseurs vêtus de nuances pâles s'avancent à gauche avec tristesse et découragement. La scène est de plus en plus lugubre, la mer gronde, les éclairs brillent. Ourashima, en tremblant, regarde fixement la file des danseurs. La chanson cesse. Quelques couples passent, puis brusquement, c'est la fin du cortège.)

(Ourashima étonné suit des yeux les derniers danseurs qui disparaissent derrière le palais. La seconde partie de la chanson reprend, pénétrante et s'insinuant jusqu'au cœur.)

LA CHANSON (l'air d'Ohiwaké)

Surtout s'il fut un peu fou,
Et plus encore s'il est un ingrat.

(Brusquement, le dos de la vieille femme surgit devant Ourashima penché sur l'escalier pour accompagner les danseurs du regard. Pendant qu'il contemple cette vision, un vieil homme apparaît aussi ; à l'extrême limite de la vieillesse, il garde la noblesse de son attitude. Vêtu tout de blanc, il marche tristement, tête baissée, les bras croisés, à la suite de la vieille femme.)

(Ourashima jette un cri ; les parents se retournent et l'aperçoivent. La mère veut courir vers lui, le père la retient.)

(L'expression et les gestes des deux vieillards sont les mêmes qu'au premier acte.)

(Le visage de la mère s'empreint de tendresse et de douleur ; le père laisse voir ses regrets et la lutte de l'amour et de la dignité paternelle dans son cœur. Ourashima se précipite vers l'escalier et s'écrie.)

OURASHIMA

O ma mère et mon père !

(A peine a-t-il poussé ce cri qu'il chancelle et tombe au bas de l'escalier. Le vieil homme et la vieille femme s'effacent subitement.)

(Les danseurs effrayés se dispersent. La musique cesse. La scène s'éclaircit. La mer et le ciel sont apaisés.)

(Otohimé et ses suivantes descendent l'escalier pour aller vers Ourashima. Les femmes s'empressent autour de lui et le transportent à l'intérieur du palais, aux fenêtres et aux portes duquel les rideaux se baissent lentement d'eux-mêmes.)

(La musique reprend un air qui évoque toute la tristesse de la solitude. Le palais s'évanouit lentement.)

SCÈNE V

OURASHIMA, OTOHIMÉ. DEUX JEUNES SUIVANTES

Le toit du palais va disparaître, la musique cesse, une troisième chanson de matelot reprend tout à coup.

LA CHANSON (l'air de Ohiwaké)

Parents, envoyez vos enfants
Dans des pays lointains;
Car ils y feront des expériences
Pénibles ou douloureuses,
Mais qui leur sont profitables.

(A la fin de cette chanson, les plantes marines réapparaissent flottant à droite et à gauche. Le toit du palais va s'enfoncer complètement, lorsque, sur le toit, se montrent trois personnes; Ourashima, debout; Otohimé, agenouillée; et une jeune suivante.)

(La scène représente à nouveau le fond de l'océan. Ourashima, vêtu comme au premier acte, a sa canne à pêche sur l'épaule. Otohimé le retient par la manche. La suivante porte une petite boîte. Ourashima détache doucement la main d'Otohimé et fait quelques pas. Otohimé se lève lentement et le suit.)

OURASHIMA

Vous dites qu'après notre séparation, il ne nous sera plus possible de nous retrouver..... A vous entendre, mon cœur me fait mal comme s'il se brisait..... Pourtant, le désir de revoir mon pays est plus fort que tout. Je ne peux plus rester ici.

LE CHANT (l'air d'Itchou)

Plus je goûte votre amour sincère et précieux, plus je désire revoir mes parents.

(Ourashima fait quelques gestes qui expriment son amour.)

OURASHIMA

Permettez-moi d'enfreindre votre volonté et de rentrer une fois au moins dans mon pays natal.

(Otohimé, silencieuse, lève la tête.)

LE CHANT (l'air de Nagaouta)

Je ne peux vous arrêter par aucun moyen. Mais si notre séparation doit être éternelle, n'oubliez pas notre serment ni l'image de mon visage. L'amour est un fil d'or qui lie les humains ; quand le fil serre trop fort, on s'en lasse ; on souffre s'il n'unit pas assez étroitement. Mais notre amour, à nous, est un fil bien enchevêtré, et nous ne pouvons dire quand il se brisera.

(Otohimé fait quelques gestes de désespoir, puis elle semble avoir pitié d'Ourashima et comprendre toute la faiblesse des sentiments humains. Alors elle se détache de lui.)

LE CHANT

Pour vous sauver des difficultés que vous allez trouver sur votre route et que je prévois, laissez-moi vous donner cette boîte ; c'est un talisman infaillible qui vous aidera et vous sauvera.

(Elle se tourne vers sa suivante, celle-ci offre la boîte à Ourashima.)

OTOHIMÉ

Cette boîte renferme l'image de mon visage. Si votre cœur reste fidèle, n'ouvrez pas cette boîte. Gardez-la seulement sur vous, toujours...

LE CHANT

Si vous ne l'ouvrez jamais, vous resterez toujours jeune, et notre amour refleurira... Songez à nos promesses éternelles....

(Ourashima reçoit la boîte avec respect.)

LE CHANT (l'air de Nagaouta)

Je la garderai comme le plus précieux des souvenirs et je me rappellerai toujours l'univers d' « éternelle joie » où vous m'avez conduit.

(Ourashima danse lentement. Otohimé et sa suivante font des gestes d'adieu.)

LE CHANT (pour Ourashima)

Je suis heureux d'être l'époux toujours chéri de la princesse de la mer.

LE CHANT (pour Otohimé)

Nous nous séparons maintenant, mais nous nous reverrons encore.

LE CHANT (pour deux)

Est-ce joie ou tristesse, nous ne pouvons le distinguer.

LE CHANT (pour Ourashima)

Partir me cause une peine infinie; mais adieu, dame de mon âme, je reviendrai.

(Ourashima à droite reste debout sans bouger de la scène. Tandis que la princesse et la jeune suivante se dirigent en dansant vers le fond. Elles se détournent souvent pour regarder Ourashima.)

(L'obscurité tombe. On entend, plus fort, le bruit des vagues. Les poissons qui pénètrent de tous côtés séparent Ourashima de la princesse. De temps à autre, des éclairs illuminent les vagues. En s'éloignant, la princesse et la suivante deviennent toutes petites. Au fond de la scène apparaît, à peine esquissée, la silhouette du palais de la mer.)

LE CHANT (pour Ourashima)

Adieu, adieu, ô ma princesse!

(Le tableau devient tout à fait sombre. Il ne reste aucune trace du palais de la mer. Le bruit des vagues s'entend seul. Le rideau se baisse lentement.)

ACTE TROISIÈME

Pendant l'entr'acte, la musique continue, évoquant le bruit de la mer.

Ensuite derrière le rideau s'élève la chanson suivante que martèle le pas des danseurs.

LA CHANSON

La nuit s'oppose au rendez-vous d'amour,
Et il y a six difficultés
La pluie, la grêle, la rosée,
Et du mur la clôture,
Et puis le chien qui aboie.
Et surtout les rayons de la lune,
Et surtout les rayons de la lune!

(Pendant cette chanson, le rideau se lève.)

SCÈNE PREMIÈRE

TROIS PAYSANS ENTOURÉS DE PLUSIEURS GROUPES

L'enclos d'un temple shintoïste au soir de la fête du printemps. Il est minuit. De-ci de-là, des groupes de paysans, parmi eux, quelques enfants et une vieille femme. Tous chantent et dansent. Au milieu de la scène, éclairé par la lumière de la lune, un cerisier centenaire, au tronc énorme, étend de tous côtés ses branches en fleurs. Quand celles-ci se balancent et s'inclinent à la brise de la nuit, il semble que des nuages roses descendus du ciel flottent sur la forêt, ou encore qu'une main invisible agite doucement un dais royal. Sous le bouquet des branches, une verte pelouse de gazon.

Alentour, s'entremêlant aux pins, d'autres cerisiers voilent le ciel de leurs branches fleuries.

A gauche, allant jusqu'au fond de la scène, une allée de cerisiers taillés en dôme s'ouvre sur la mer. Des gens la parcourent. De temps à autre, à l'horizon, passent des voiles...

La lune décline dans le ciel à l'ouest. A droite, en arrière du vieux cerisier, un grand « torii[1] » de pierre. De là, les marches de pierre montent progressivement sous les branches en fleurs.

De chaque côté des marches, de vieux arbres toujours verts et des cerisiers s'élèvent, et derrière leurs branches se détache le toit du temple shintoïste. L'on voit encore des montagnes, les unes toutes proches et les autres lointaines.

Au lever du rideau, cinq ou six couples de paysans, hommes et femmes, dansent, autour du vieux cerisier, au rythme du chant qui va suivre. D'autres paysans se reposent au pied des arbres ou sur le gazon, et s'amusent en buvant du saké.

LE CHANT

A quel moment suis-je tombé amoureux de toi? Je ne [sais!
Tandis que l'oiseau sur la plage toujours chante,
Moi, à cause de toi, oh! à cause de toi, toujours je [pleure!

LE CHANT

Quelle joie de regarder les fleurs épanouies;
Autour d'elles, les papillons viennent danser
Et les oiseaux viennent chanter;
Bien qu'on ne sache où les fleurs s'en iront...
Où s'en iront les fleurs!

1. La porte d'entrée au temple shintoïste.

LE CHANT

Buvez, chantez maintenant.
Qui connaît l'avenir?
Il n'y a qu'un printemps,
La jeunesse passe vite,
Et l'on rit rarement.
Maintenant les fleurs s'épanouissent.
Les fleurs s'épanouissent maintenant.

(Les danseurs, après avoir tourné trois fois autour du cerisier, cessent leur danse. Celui qui guidait la danse et qui est un peu ivre s'arrête au milieu de la scène et dit :)

PREMIER PAYSAN

Ah! c'est très amusant, très amusant! Reposez-vous, reposez-vous, à présent.

(Tous les danseurs s'asseyent. Les uns au pied de l'arbre, les autres sur des pierres et quelques-uns s'allongent sur le gazon.)

PREMIER PAYSAN

Eh bien! la fête est pourtant la même que tous les ans, mais je ne me suis jamais tant amusé! L'an passé, la moisson a été abondante et cette année nous avons eu beaucoup de poissons, aussi faut-il nous réjouir. Nous danserons et nous chanterons pendant toute la nuit. Mais, toujours danser, c'est monotone. Que ferons-nous encore?

DEUXIÈME PAYSAN (celui-ci aussi est un peu ivre)

C'est une idée ! Qu'est-ce qu'on pourrait bien faire encore ?

(Les autres inclinent la tête et réfléchissent.)

TOUT LE MONDE

Oui, que faudrait-il faire ?

PREMIER PAYSAN

Ah ! j'ai trouvé.

TOUT LE MONDE

Voyons ton idée ?

PREMIER PAYSAN

Écoutez ! Depuis longtemps c'est la coutume, à cette fête, de danser entre hommes et femmes. Aussi, même un ancien poète a dit :

LE CHANT

On s'unit pour chanter et danser ; je chanterai avec la femme de mon voisin et la mienne dansera avec un autre. La divinité de cette montagne est propice à nos jeux aujourd'hui.

(Le premier paysan fait quelques gestes amoureux.)

TOUT LE MONDE (applaudissant)

Ah ! ah !

PREMIER PAYSAN

Donc, mêlons-nous les uns les autres dans la fête, c.

soir. Tiens! il y en a deux qui ne sont pas encore arrivés! Itchiko et Iratsumé! les jeunes mariés. La foule les intimide, ils n'osent pas venir. Ils arriveront tard. Savez-vous, pour les punir, nous leur ferons raconter l'histoire de leur amour. C'est une idée, n'est-ce pas?

TOUT LE MONDE

Oui, oui, bien trouvé!...

DEUXIÈME PAYSAN

Ils ne voudront pas. Demandons-leur plutôt de danser et de chanter... en les regardant, nous devinerons ce qu'ils pensent.

PREMIER PAYSAN

Oui, c'est mieux, c'est mieux. Faisons les préparatifs.

(Deux ou trois paysans qui surveillent l'allée s'écrient :)

TROISIÈME PAYSAN

Les voici. Voici les nouveaux mariés que nous attendions. Les voici, enfin!

PREMIER PAYSAN

Ah! ils arrivent bien!

DEUXIÈME PAYSAN

Demandons-leur tout de suite à danser ici.

LE TROISIÈME PAYSAN (les appelle)

Oh! oh! par ici!

SCÈNE II

LES TROIS PAYSANS. LES NOUVEAUX MARIÉS.
LE GROUPE DES PAYSANS. DES ENFANTS DU VILLAGE

La musique joue un air de danse.

Le jeune mari, suivi de sa jeune femme, apparaît au fond de la scène. Il a environ vingt et un ans et sa femme dix-sept. Tous deux ont de jolis visages naïfs, revêtus de fraîcheur et de jeunesse. Ils appartiennent à une classe plus élevée que les autres paysans et portent avec aisance des costumes de la ville. La musique cesse un instant; tout le monde les accueille par des applaudissements. Ils saluent gracieusement.

LE PREMIER PAYSAN (s'avançant)

Vous êtes en retard. Nous allons vous demander compte de cette arrivée tardive !... et vous faire payer notre attente.

LE JEUNE MARI

Oh ! nous sommes confus ! Mais puisque nous sommes en faute, nous acceptons la pénitence !

PREMIER PAYSAN

Oh ! nous ne réclamons qu'une chose : que vous nous disiez l'histoire de votre amour.

LA JEUNE FEMME

Oh ! Vous vous moquez !

LE JEUNE MARI

Non, ne nous demandez pas cela, je vous prie.

DEUXIÈME PAYSAN

Alors, si vous ne voulez pas la raconter, chantez.

LE JEUNE MARI

Quel ennui !

TROISIÈME PAYSAN

Alors, dansez au moins.

LA JEUNE FEMME

Devant tout le monde ? Cela nous trouble.

PREMIER PAYSAN

Il faut chanter...

LA JEUNE FEMME

Oh ! non.

TROISIÈME PAYSAN

Dansez tout de même.

LE MARI ET LA FEMME

Oh ! non.

(Le premier paysan fait des yeux un signe aux autres.)

PREMIER PAYSAN

Entêtés ! Eh bien, nous danserons, nous autres, jusqu'à ce que vous vous décidiez à quelque chose. Allons... un, deux, trois... en avant.

(La musique joue à toute volée une danse. Guidé par les deux paysans qui sont ivres, tout le monde se met à tournoyer autour des deux jeunes gens qui voudraient s'échapper. Quelques paysans tiennent à la main des branches de cerisier. Cependant les deux jeunes gens parviennent à les arrêter de la main.)

LA JEUNE FEMME

Cessez un peu, je vous en prie.

LE JEUNE MARI

Allons, puisqu'il le faut, nous vous raconterons notre histoire. Et vous verrez que notre amour ne fut pas chose légère !...

(Tout le monde approuve et se dispose à écouter.)

LE CHANT (l'air de Kiyomoto, pour le mari)

Qui sema « la graine d'amour » dans le cœur humain? Au printemps, sans qu'on s'en aperçoive, dans le jardin ou dans les champs, poussent et fleurissent les herbes jeunes et amoureuses. Et l'on devient pensif sans savoir pourquoi...

LE CHANT (le même air, pour la femme)

On s'enivre de couleur, de parfums... mais si quelqu'un demande le nom de ce qu'on aime, on ne saurait répondre.

LE CHANT (pour les deux)

Nous nous sommes rencontrés enfin ; à notre amour, nous avons tout sacrifié.

LE CHANT (pour le mari)

Par l'amour, on atteint la vie profonde, on touche à l'éternité. Mais le monde ne connaît pas le véritable amour et il traite le nôtre comme un léger caprice!

LE CHANT (pour deux)

Nos amours sont en fleur, et nous vivrons parmi toutes les fleurs d'amour.

(Tous deux dansent avec beaucoup de grâce, entre-croisant leurs pas, puis ils s'arrêtent.)

TOUT LE MONDE (applaudissant)

Oh! bravo, bravo!

PREMIER PAYSAN

C'est admirable. Buvez du saké maintenant.

(Les jeunes filles et une vieille femme apportent une coupe aux nouveaux mariés. A ce moment, on entend les cris des enfants du village; puis trois ou quatre arrivent par l'allée de cerisiers.)

PREMIER ENFANT

Oh! quel drôle d'homme là-bas!

DEUXIÈME ENFANT

Ses vêtements sont déchirés. Il est fou, tout à fait.

(L'un d'eux regarde en arrière.)

TROISIÈME ENFANT

Le voici! Le voici!

(Il se retourne vers le groupe des paysans et dit :)

Venez le voir.

(Quelques paysans vont au fond de la scène.)

PREMIER ENFANT

Il est en colère.

DEUXIÈME ENFANT

Il brandit une canne à pêche.

TROISIÈME ENFANT

Sauvons-nous, sauvons-nous !

(Les enfants s'enfuient à droite. Les gens se rangent à droite et à gauche. Ourashima apparaît. Le chant commence.)

SCÈNE III

OURASHIMA. LES TROIS PAYSANS. LES NOUVEAUX MARIÉS. UNE VIEILLE FEMME. LES ENFANTS DU VILLAGE. LES AUTRES PAYSANS.

Ourashima est vêtu comme au premier acte. Mais ses vêtements sont déchirés par endroits, et, par ces trous, on aperçoit une étoffe de brocart aux nuances claires. Ses cheveux retombent sur ses épaules, ses moustaches et sa barbe ont poussé, son visage pâle reste beau. Sous son bras gauche, il tient la boîte donnée jadis par Otohimé et de la main droite il porte sa canne à pêche brisée. Il regarde à droite et à gauche, l'esprit égaré.

LE CHANT (l'air de Nagaouta)

Qui a planté les cerisiers dont les branches fleuries

sont comme des nuages roses? On ne saurait dire si c'est le jour ou la nuit. Ai-je fait un rêve ou bien est-ce un rêve encore que je fais?... Ai-je passé trois ans dans le palais d'éternelle jeunesse, ou bien suis-je vraiment ici, parmi ces gens en fête? Mais pourquoi ne vois-je pas les visages de ceux que j'ai connus?

(Ourashima s'arrête au milieu de la scène. Pendant ce temps, les paysans l'entourent sans oser l'approcher. Les uns ont un air de moquerie, les autres froncent les sourcils. Personne ne parle. Ourashima regarde à droite et à gauche et demeure pensif.)

OURASHIMA

Je veux vous demander une chose. Où se trouve la maison du père d'Ourashima?

PREMIER PAYSAN

Que dites-vous?... d'Ourashima? Je n'ai jamais entendu ce nom!

DEUXIÈME PAYSAN

Habite-t-il ici depuis peu, cet homme-là?

OURASHIMA

Oh! non... Voilà longtemps qu'il habite ce pays où le père de son grand-père habitait déjà.

(Le premier paysan jette les yeux de tous côtés et dit :)

Vous avez entendu ce nom, vous autres?

TROISIÈME PAYSAN

Jamais je ne l'ai entendu...

TOUT LE MONDE (ensemble)

Jamais nous ne l'avons entendu.

(Ourashima incline la tête.)

OURASHIMA

Il y a longtemps que vous habitez ici ?

PREMIER PAYSAN

Qu'est-ce que vous dites ?... Nous aussi, nous avons eu ici le père de notre grand-père.

OURASHIMA

Alors, vous vous trompez. Vous dites que vous vous succédez ici depuis le père de votre grand-père, et vous ne connaissez pas le père d'Ourashima ?... Ah ! c'est risible...

PREMIER PAYSAN

Oh ! non, mon père...

(Le troisième paysan l'arrête.)

TROISIÈME PAYSAN

Non, non. Ne discutez pas, c'est inutile. Il est fou. Vous, enfants, et vous, jeunes filles, écartez-vous, il pourrait vous faire du mal.

(Parmi les enfants et les jeunes filles, il y a un mouvement d'effroi. Ourashima s'excite.)

OURASHIMA

Quoi ! Je suis fou ?

TROISIÈME PAYSAN

Dame ! c'est à croire ; mais ne vous mettez pas en colère. Regardez seulement un peu votre costume.

(Ourashima semble, pour la première fois, s'apercevoir de la façon dont il est vêtu.)

OURASHIMA

Mon costume...

PREMIER PAYSAN

Regardez votre canne à pêche.

OURASHIMA

Ah ! elle s'est cassée sans que je m'en sois aperçu !

TOUT LE MONDE (criant à la fois)

Et vos cheveux, et vos moustaches !...

(Ourashima, étonné, passe la main sur ses cheveux et sur ses moustaches, regarde le bas de sa robe et contemple sa petite boîte. Il fait des gestes d'étonnement.)

OURASHIMA

Ah ! Ah ! Ah !...

(D'étonnement, il tombe sur les genoux. Tout le monde se met à rire.)

Ahahaa, ahahaa... Ohohoha...

(Les enfants sautent et crient en battant des mains.)

LES ENFANTS

Il est fou, il est fou.
Va-t'en, va-t'en !

LES JEUNES FILLES (avec pitié)

Le pauvre homme... Le pauvre homme...

(Ourashima encore comme dans un rêve et s'adressant à tout le monde.)

OURASHIMA

Alors, parmi vous, il n'y a personne qui connaisse mon père et ma mère?...

LE CHANT (pour Ourashima)

Je n'y puis plus rien comprendre;
Me voilà sans aucun parent.

(Il se relève et fait quelques gestes. Les enfants se moquent de lui. Enfin, ils bousculent Ourashima et lui crient :)

LES ENFANTS

Va-t'en, va-t'en !

(Tout le monde rit :) Ahahoa, ahahoa... Ohohoa...

LES JEUNES FILLES

Oh ! le pauvre homme, le pauvre...

(La vieille femme aux cheveux blancs s'approche d'Ourashima.)

LA VIEILLE FEMME

Attendez, je me souviens maintenant d'avoir entendu l'histoire d'Ourashima racontée par ma grand'mère.

OURASHIMA

On vous a parlé de lui? Quelle joie! Oh! racontez-moi vite ce qu'on vous en a dit.

LA VIEILLE FEMME

Vous voulez savoir son histoire?

OURASHIMA

Mais oui.

LA VIEILLE FEMME

Je vous la raconterai donc.

(Elle se lève et le chant commence.)

LE CHANT

Il y a combien de temps? je ne sais!
Mais jadis, au village de Souminoé...

(Elle appelle du geste un jeune homme et une jeune fille, et leur demande de danser. Ils dansent comme Ourashima et la jeune fille de la mer au premier acte.)

LE CHANT

Au village de Souminoé, habitait le fils d'Ourashima. Au large il pêchait; sept jours et sept nuits il resta sans rentrer chez lui. Il aimait, disait-on, une jeune fille très étrange.

Un jour, avec ses parents, il se querella, puis il les quitta. Au large il s'en est allé, et les parents ont pleuré et crié... Mais jamais il n'est revenu. D'Ourashima, mort d'amour, voilà l'histoire.

(Les jeunes gens cessent de danser. Pendant ce chant, Ourashima semble la proie du remords.)

PREMIER PAYSAN

Mais combien de temps y a-t-il de cela?

LA VIEILLE FEMME

Lorsque ma grand'mère me l'a raconté, il devait y avoir, disait-elle... oui, il y avait trois cents ans environ.

(Ourashima regarde étonné.)

OURASHIMA

Trois cents ans passés?

LA VIEILLE FEMME

Mais oui.

OURASHIMA

Ah, ah, ah...

(Ecrasé par son étonnement, il regarde le ciel. Les enfants rient de son visage un peu hagard et crient :)

Il est fou, il est fou!

OURASHIMA

Alors, je n'ai plus de parents au monde?

(Les jeunes mariés qui étaient restés au pied de l'arbre, d'où ils écoutaient les propos échangés, s'avancent et s'approchent d'Ourashima.)

LE JEUNE MARI

Pauvre étranger, qui êtes-vous donc?

LA JEUNE FEMME

Seriez-vous un des parents d'Ourashima?

(Ourashima regarde alternativement les deux jeunes gens.)

OURASHIMA

Oh! vous êtes bons de me parler ainsi. Je suis moi-même le fils d'Ourashima...

TOUT LE MONDE (à la fois)

Ah! vous êtes le fils d'Ourashima...

LA VIEILLE FEMME

Vous êtes le fils d'Ourashima qui habitait ici il y a trois cents ans?

(Ourashima tournant la tête à droite et à gauche.)

OURASHIMA

Mais oui.

PREMIER PAYSAN

Ce n'est pas croyable...

DEUXIÈME PAYSAN

Ça n'a pas de sens.

(Tout le monde rit à la fois.)

Ahahaa, ahahaa... Ohohoo.

(Ourashima ne peut contenir sa douleur, il tombe à terre en pleurant.)

TROISIÈME PAYSAN

Certes, il est fou.

(La musique joue.)

LES ENFANTS

Il est fou, il est fou.

TOUS LES PAYSANS

Il est fou, il est fou.

(Ces cris sont répétés à plusieurs reprises, accompagnés par la musique.)
(Ourashima relève tristement la tête.)
(La musique cesse. Le chant recommence.)

LE CHANT (l'air de Nagaouta)

O! tristesse! Les âmes de mes parents morts ne répondent plus à mon appel... Seules les vagues de la mer s'avancent avec un bruit sonore.

(La musique reprend doucement.)

LE CHANT (l'air envolé, pour les enfants)

Il est fou, il est fou.

LE CHANT (pour Ourashima)

Je me souviens maintenant du conseil de la princesse de la mer.

(La musique devient de plus en plus sonore.)

LE CHANT (pour les enfants)

Il est fou, il est fou.

LE CHANT (pour Ourashima)

Les enfants ont raison qui se moquent de moi comme

d'un fou. Est-ce un rêve?... Trois cents ans ont déjà passé!

LE CHANT (pour tout le monde)

Il est fou, il est fou!

LE CHANT (pour Ourashima)

Est-ce une réalité?... Suis-je moi, ou bien un autre?

LE CHANT (pour les enfants)

Il est fou, il est fou!

LE CHANT (pour Ourashima)

Dites-le-moi. Suis-je moi ou bien un autre?

LE CHANT (pour tout le monde)

Il est fou, il est fou!

LE CHANT (pour Ourashima)

Moi ou un autre?

LE CHANT (pour les femmes)

Oh! le pauvre homme, le pauvre homme.

LE CHANT (pour Ourashima)

Mon esprit s'égare...

LE CHANT (pour les femmes)

Oh! le pauvre homme, le pauvre homme!

LE CHANT (pour les enfants)

Il est fou, il est fou!

LE CHANT (pour tout le monde)

Il est fou, il est fou !

(La musique devient de plus en plus sonore. Les exclamations « Oh ! le pauvre homme » et « Il est fou » s'entre-croisent. Ourashima jette à terre sa canne à pêche, déchire ses manches et, serrant précieusement sa boîte, court, égaré, de tous côtés. Les enfants et les paysans le poursuivent et le chassent à gauche de la scène. Tous sortent avec lui. Les jeunes filles et les femmes seules restent. Guidées par les nouveaux mariés, les femmes et les jeunes filles se mettent à chanter, le regard tourné vers la place qu'Ourashima vient de quitter.)

LE CHANT (l'air de Nagaouta, pour tous)

Oh ! pauvre voyageur ! C'est un oiseau solitaire revenu à son ancien nid, mais ses pattes sont brisées et ses ailes déchirées.

LE CHANT (pour le jeune mari)

Ne pouvant retrouver ses parents,
Il pousse un cri déchirant.
La folie viendra pour lui !
Oh ! pauvre voyageur !

LE CHANT (pour tous)

Nous le suivrons maintenant.
Nous le suivrons pour le sauver.

(Le jeune mari et la jeune femme font quelques gestes et se disposent à partir.)

(Le rideau se baisse lentement. On n'entend plus que le bruit des vagues et du vent.)

SCÈNE IV

OURASHIMA, LES NOUVEAUX MARIÉS

OTOHIMÉ

(Toujours le bruit du vent et des vagues. Le chant qui va suivre est repris par trois fois derrière le rideau, de plus en plus faible et lointain.)

LE CHANT (l'air d'Ohiwaké)

Quels regrets quand on se souvient du passé !
Pourquoi les choses du passé n'existent-elles plus, hélas ?

(Après la troisième reprise, le rideau se lève. La scène est à peu près la même que la première de l'acte I. Toutefois, le pin situé au milieu de la scène a grandi ; il a été cassé à sa partie inférieure et des branches ont poussé dans une autre direction ; ses racines sortent de terre. La lune est déjà couchée ; l'aurore semble proche. A gauche, sur la plage, les vagues viennent se briser.)

LE CHANT (l'air d'Outahi, pour Ourashima)

Jusqu'à quand resterai-je égaré, sans conscience, comme le nuage qui flotte, sans savoir si je suis un autre ou moi-même ?

(Pendant ce chant, Ourashima apparaît. Il porte les mêmes vêtements que tout à l'heure, mais sa robe est complètement déchirée, laissant voir tout à fait son autre vêtement de brocart. Tenant toujours la boîte sous son bras gauche, il entre à droite et se dirige en courant vers la plage. Les vagues qui s'avancent le forcent à se retirer de quelques pas en arrière. Il reste immobile et pensif.)

LE CHANT (l'air de Nagaouta)

Je me souviens... je me souviens maintenant des paroles que m'a dites mon père en colère. Combien je regrette le passé qui ne reviendra plus ! Je rôde irrésolu sur la même plage, après tant de générations passées, comme la bouée qui flotte sur la mer. Dois-je vivre longtemps ainsi ? Que je suis misérable !...

(Il fait des gestes de regret et de désespoir. Il tombe à terre et pleure. Revenant à lui :)

LE CHANT

Pourquoi mon esprit est-il ainsi troublé ? N'ai-je pas la promesse faite à la princesse de la mer ?

(Il se relève et s'approche de la mer. Ses gestes semblent toujours exprimer son amour pour la princesse de la mer.)

LE CHANT

Mais que faire ?... Il n'y a pas de chemin sur l'océan aux nombreux replis.

(Il contemple la mer avec désespoir et revient s'asseoir tristement. Au rythme rapide de la musique, les nouveaux mariés apparaissent, par la droite.)

LE CHANT (pour la jeune femme)

Voici le fou de tout à l'heure.

LE CHANT (pour le mari)

Essayons de le consoler.

LE CHANT (pour la femme)

Voyageur, ne regrette pas le passé.

(Tous deux s'approchent d'Ourashima à droite et à gauche, cherchant à le consoler ; mais Ourashima paraît ne pas les entendre.)

LE CHANT (l'air de Nagaouta, pour Ourashima)

Si j'avais à gravir une montagne, j'atteindrais les sommets les plus élevés,

Si j'avais à parcourir un fleuve, j'irais de sa source à la mer.

Mais comment, sur la mer infinie, retrouver mon idéal ?

(Ourashima se relève et court sur la plage comme un fou. Les deux jeunes gens se mettent à sa poursuite.)

LE CHANT (pour le mari)

Oh ! le pauvre homme ! Il ne veut rien entendre.

LE CHANT (pour la femme)

A quoi sert-elle, la boîte que vous portez sous votre bras ?

(Pour la pr mière fois, Ourashima semble constater qu'il porte, en effet, cette boîte.)

OURASHIMA

A quoi sert la boîte que j'ai sous mon bras ? Oh ! je m'en souviens maintenant...

(Il regarde la boîte sous toutes ses faces.)

LE CHANT (pour Ourashima)

Oh ! ma princesse ! Vous m'avez dit que si je portais toujours cette boîte, nous nous retrouverions. Quand luira-t-il, le jour où je vous reverrai ?... Si ce n'est tout de suite, mon cœur va se briser de douleur ; si ce n'est tout de suite, je dirai que vous êtes trop cruelle.

(Il fait des gestes d'amour et de désespoir.)

LE CHANT (pour Ourashima)

C'est la boîte dans laquelle elle a renfermé son image, et qu'elle me conseilla de ne pas ouvrir. Mais pourquoi suivre maintenant un conseil donné depuis si longtemps ? A quoi bon !

(Avec des gestes violents, il défait les liens de soie qui entouraient la boîte et se dispose à ôter le couvercle. Les deux jeunes gens l'arrêtent.)

LE CHANT (pour les deux jeunes gens)

N'ouvrez pas si précipitamment le coffret précieux...

(Ourashima veut ouvrir la boîte ; les deux jeunes gens l'en empêchent à plusieurs reprises. L'orchestre est composé d'instruments japonais et d'instruments européens qui tantôt sont en parfait accord, tantôt ne peuvent garder l'unisson.

Enfin Ourashima ouvre la boîte. Une vapeur blanche s'en échappe : elle s'élève entre les branches du pin et flotte comme une fumée ou un nuage.)

(Ourashima tombe sur le dos, évanoui, au pied du pin. Les jeunes gens, étonnés, regardent cette vapeur qui s'est épandue dans l'air et où l'image de la princesse de la mer se précise maintenant.)

LE CHANT (pour la princesse)

Même lorsque le vent souffle en tempête,
Et que les nuages affolés se dispersent dans le ciel,
Et que vous êtes loin de moi, O Yamatohito,
Ne m'oubliez jamais !

(La princesse de la mer s'incline légèrement vers les jeunes mariés ; ses gestes expriment son désir de n'être jamais oubliée. Elle reste un moment enveloppée des vapeurs blanches, puis elle disparaît. Les jeunes gens, en extase, l'ont suivie longuement des yeux. Ils reviennent à eux.)

LE CHANT (pour les deux)

Oh ! quel miracle ! L'image, dirait-on, est humaine et divine à la fois.

LE CHANT (pour le mari)

Mais à quoi la comparer ? Est-ce la déesse des arbres qui fleurissent en mars ?

LE CHANT (pour la femme)

Ou bien la princesse de la lune qui s'éveille aux étoiles et qui descend sur la terre parmi les fleurs épanouies ?

LE CHANT (pour le mari)

L'image divine...

LE CHANT (pour tous deux)

...nous éblouit. Oh ! l'image surhumaine et divine. Nous ne l'oublierons jamais !...

(Ils regardent avec adoration le ciel où la princesse vient de disparaître. Ourashima, qui était évanoui au pied de l'arbre, a disparu sans qu'on s'en aperçoive. Les deux jeunes gens songent tout à coup à lui.)

LE JEUNE MARI

Nous avions oublié le fou ; il n'est plus là !

(Tous deux le cherchent. A ce moment, à droite, s'élève ce chant.)

LE CHANT (pour Ourashima)

Mon rêve est à jamais fini.
Il est fini pour jamais.
Et je ne suis maintenant qu'un corps sans vie.

(Pendant la durée de ce chant, Ourashima revient. Il marche lentement. C'est un vieillard maigre, au visage sillonné de rides, ses moustaches et ses cheveux sont tout blancs. Son costume, vieux et usé.)

LE CHANT (pour Ourashima)

Où s'en est-elle allée, ma jeunesse ?...
Elle a disparu comme le nuage

Et me voilà un vieillard maintenant,
Mais je ne maudirai pas mon passé.

(Avec des gestes pleins de noblesse et de gravité, il se dirige vers les jeunes gens.)

LE CHANT (pour Ourashima)

Oh ! jeunes gens, j'ai poursuivi une ombre, une chimère idéale, tantôt avec ardeur, et tantôt épuisé de fatigue, et maintenant, je me retrouve vieilli, pitoyable comme un malheureux fou, après que sept générations ont passé.

(Il exprime sa honte avec des gestes pathétiques. Les jeunes gens l'entourent pour le consoler.)

LE CHANT (pour les deux jeunes gens)

Mais nous aussi, nous l'avons vue, l'image suprême et divine. Nous l'adorons comme notre idéal et nous voudrions mirer nos âmes dans cette image comme au plus pur miroir.

LE CHANT (pour Ourashima)

Mon miroir vieilli et terne ne reflète qu'un visage stupide.

LE CHANT (pour les deux jeunes gens)

Si ce miroir devient obscur, nous le polirons sans répit ; et son éclat luira éternellement, tel un rayon de lune.

(Les jeunes mariés essayent d'apaiser, pour Ourashima vieilli, le regret du passé. Ils le conduisent se reposer au pied du pin.)

(L'orchestre composé d'instruments japonais et d'instruments européens joue avec grand ensemble un air vif et gai. Les jeunes mariés dansent, entre-croisant leurs pas (l'on peut avoir ici, par instants, l'impression d'un ballet). La danse alerte éveille l'idée de la jeunesse et de l'espérance.)

(La musique reprend l'air de Nagaouta. Ourashima se lève.)

LE CHANT (l'air de Nagaouta)

Oh ! jeunes gens, je le vois, vous êtes dignes de confiance. Par vous, se réalisera en ce monde l'image idéale. Vous êtes le présage de la plus grande joie et du plus noble espoir.

(Ourashima s'exprime avec des gestes empreints de distinction et de gravité. L'orchestre reprend toujours avec des instruments européens et japonais et, parmi ceux-ci, on distingue le son du sangen[1]. Les jeunes gens exécutent des figures qui rappellent à la fois les danses européennes et celles du Japon. A nouveau, la musique répète l'air de Nagaouta.)

LE CHANT (l'air de Nagaouta, pour Ourashima)

Voici le soleil qui se lève à l'est. Les ténèbres se dispersent et les montagnes apparaissent de toutes parts.

(Vers le fond, le ciel se colore de rose. A droite, on voit les montagnes, les unes proches, les autres dans le lointain. Enfin, à l'est, le soleil se lève dans toute sa gloire par-dessus la chaîne des monts.)

(Une musique européenne à laquelle s'unit le son du sangen, accompagne ce chant.)

1. Sangen, l'instrument japonais à trois cordes.

LE CHANT (pour les deux jeunes gens)

Le soleil éclaire le ciel et la terre ; il ne méprise ni ne délaisse aucune des choses créées.

LE CHANT (pour tous les trois)

Habitant le ciel, il réchauffe et fait croître toutes les choses de la terre. Ainsi ceux qui vivent dans l'idéal, et qui, purs de tout égoïsme, chérissent également le monde terrestre, arriveront à réaliser, un jour, leur rêve magnanime.

(Ils dansent tous les trois, tandis que la musique joue un air où s'harmonisent, en un thème unique, les motifs japonais et européens.)

FIN

Imprimerie de J. DUMOULIN, à Paris. — 740.2.22

www.ingramcontent.com/pod-product-compliance
Ingram Content Group UK Ltd.
Pitfield, Milton Keynes, MK11 3LW, UK
UKHW021558260726
13993UKWH00002B/916